Franziska Kamp

Arro Ganter
Der eingebildete Kranke 2.0

SATIRE

In Anlehnung an
»*Le malade imaginaire*«
von Molière

Text & Zeichnungen: Dr. med. Franziska Kamp
Fotos: fotolia.com
Lektorat: Erik Kinting – www.buchlektorat.net
Umschlaggestaltung & Satz: Erik Kinting
Copyright: © 2015 Franziska Kamp

Verlag: tredition GmbH, Hamburg
Printed in Germany

Bibliografische Information der Deutschen Nationalbibliothek:
Die Deutsche Nationalbibliothek verzeichnet diese Publikation
in der Deutschen Nationalbibliografie; detaillierte bibliografische Daten sind im Internet über http://dnb.d-nb.de abrufbar.

Für
jene
welche sich
Tag für Tag
privat oder beruflich
um schwierige Menschen kümmern
und
diese
nicht
fallen
lassen.

Inhalt

Vorwort

Hypochondrie ist zeitlos, aber phasenweise en vogue. Im Internetzeitalter erleben wir nun eine Renaissance des Phänomens *eingebildeter Erkrankungen* als Version 2.0. Gerne wird bei Patienten, deren Furcht vor Krankheiten durch webbasiertes Surfen unverhältnismäßig steigt, auch von *Cyberchondern* gesprochen. Symptome ohne greifbaren Befund, an deren Behandlung nicht nur anerkannte Leistungsträger im Gesundheitswesen verdienen, sondern auch etliche Möchtegernheiler und nicht zuletzt eine größer werdende, Lobbyblüten treibende Gesundheitsindustrie – das ist ein Kernthema dieses Buches.

Unvergessen bleibt uns das Theaterstück *Le Malade imaginaire* des französischen Arztes und Dichters Molière alias Jean-Baptiste Poquelin, welcher 1673 die Hauptperson Argan verkörperte und wenige Stunden nach der vierten Aufführung tragischerweise verstarb.

Diese Satire ist ein Versuch, diesen *eingebildeten Kranken* im digitalen Zeitalter wiederzubeleben. Im Gegensatz zum Original, wo sich das gesamte Schauspiel von Anfang bis Ende in demselben Krankenzimmer abspielt, verlassen hier die beteiligten Personen regelmäßig diesen ungeliebten Ort und es gibt im Nachspiel ein alternatives Ende.

Hauptperson ist ein in seiner Midlife-Crisis steckender arroganter Miesepeter. Er weist viele Charakteristika des modernen Menschen auf. Ob man es wahrhaben will oder nicht: Sind wir nicht alle ein wenig *Arro Ganter*?

Ähnlichkeiten mit noch lebenden Personen o. a. sind rein zufällig und entstammen dem Unterbewusstsein meines Medizinergehirns. Fremdsprachliche Wörter oder medizinische Termini werden in Fußnoten unmittelbar übersetzt beziehungsweise kurz erklärt.

Soviel leichter es heutzutage ist, an Gesundheitsinformationen heranzukommen, umso schwerer ist es mittlerweile, die Spreu von Weizen zu trennen – dies gilt auch für die sogenannten *Fachleute*. Die Begriffserklärungen sind bewusst knappgehalten und ersetzen weder fundierte Sachbücher noch wissenschaftliche Abhandlungen. Weiterführende Literaturempfehlungen und Weblinks werden am Ende des Buches für das Selbststudium aufgelistet.

Insider sollten in der Erzählung nicht alles todernst nehmen oder auf die Waagschale legen. Zum Wesen von Satire gehören Übertreibungen des realen Abbildes. Als Therapeuten sollten wir uns regelmäßig an unsere eigene Nase packen und uns korrigieren lassen können. Aus meiner Sicht macht das einen guten Behandler aus.

Sollten beim Lesen unerwünschte Nebenwirkungen auftreten, fragen Sie am besten jene Menschen in ihrer Umgebung um Rat, die sie lieben und mögen. Vielleicht sogar den Heiler oder die Heilerin Ihres Vertrauens.

Dezember 2015, Franziska Kamp

Hypochonder 2.0

Ein
Einsamer Mensch
Auf der rastlosen Suche
Nach beruhigenden Informationen
Nach beruhigenden Untersuchungen
Nach beruhigenden Therapien
Misstrauen
Erntet
Neue Unruhe
In einem rastlosen System
Das Ruhe schenken
Verlernt hat
Angst

Beziehungsgeflecht

Arro Ganter
Familienoberhaupt, der eingebildete Kranke 2.0

Angelina Ganter (Angie)
ältere Tochter aus 1. Ehe, Psychologiestudentin

Georg Kluny (Clou)
Freund von Angelina, Altenpfleger & Barkeeper

Luisa Ganter
jüngere Tochter aus 2. Ehe, Nesthäkchen

Antonina Nachalny (Nina)
polnisches Au-pair, für die Familie unersetzlich

Bero Ganter
älterer Bruder von A. Ganter, Abenteurer

Bella Bitsch
2. Ehefrau von A. Ganter, intriganter Vamp

Thomas Messmer
Sohn des Hausarztes, Wunschschwiegersohn

Dr. med. Karl Messmer
langjähriger Hausarzt

Professor Gsundspeck
Neurologe und Psychiater

Annette Schaman
Heilpraktikerin

Bernd Gutknecht
Notar der Familie, liebt Bella

Paul Panda
IT-Freak, Antoninas Freund

Kapitel 1: Rechnungsprüfung

Arro Ganter sitzt an seinem Schreibtisch und studiert mit steilen Stirnfalten die Rechnung seiner Heilpraktikerin. Er flucht …
Moment! Wie sollen wir uns diesen Mann Ende 40 denn vorstellen? Als überwiegend bettlägerigen Patienten, völlig verängstigt, da er geldgierigen und stümperhaften Ärzten ausgeliefert ist? Ungefähr so wie in Honoré Daumiers[1] künstlerischer Darstellung des eingebildeten Kranken aus dem Theaterklassiker von Molière?

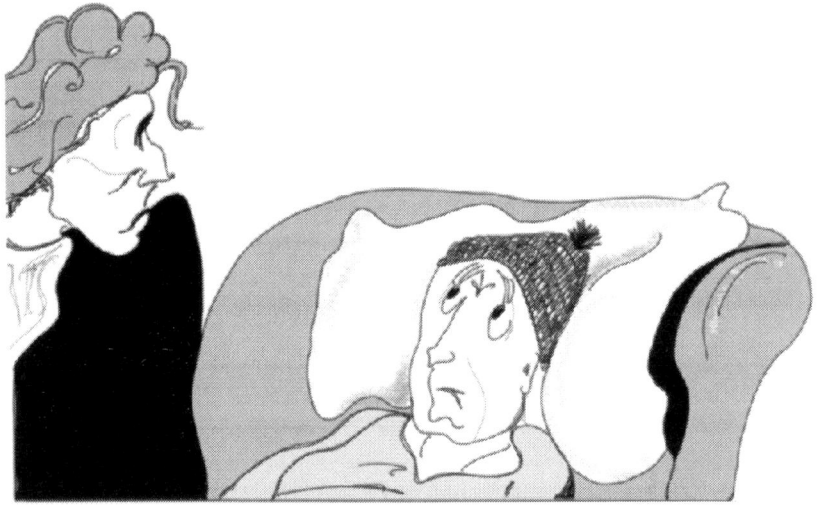

Arro Ganter <u>ist</u> zweifelsohne krank, zumindest bildet er sich das ein. Er ist von schlanker, nahezu asketischer Statur. Sein faltiges Gesicht lässt ihn vorgealtert erscheinen. Von seinem Haupthaar fehlt fast jede Spur. Jeden Morgen betreibt er Gesichts- und

---

[1] Französischer Maler des 19. Jahrhunderts, Vertreter des Realismus, auch bekannt für politische und sozialkritische Kunst. Das zitierte Gemälde ist unter https://de.wikipedia.org/wiki/Der_eingebildete_Kranke einzusehen.

Schädelrasur, denn er kann es nicht leiden, wenn hartnäckig nachwachsende Fusselhaare kreuz und quer stehen. Alles braucht seine Ordnung.

Unsere Hauptperson tippt gerade die einzelnen Geldbeträge jüngst angefallener Behandlungskosten in seinen Tabletcomputer. Als ehemaliger Finanzbeamter kann er nicht davon lassen, Rechnungen zu überprüfen und Bilanzen zu erstellen. Geiz ist schließlich geil. Die Spalte *Ausgaben für Gesundheit* ist seit Jahren die längste. Andere Spalten bleiben mittlerweile leer, zum Beispiel *Ausgaben für Urlaub und Ausflüge*.

Aus gesundheitlichen Gründen konnte Arro Ganter schon seit Monaten nicht mehr das Haus verlassen. Er bezieht volle Erwerbsminderungsrente, da er dauerhaft erschöpft ist und meint, keinen Beruf mehr ausüben zu können. Die Krankheitslast wiegt schwer. Allerdings geht es ihm finanziell nicht schlecht. Er kommt aus gutbürgerlichen Verhältnissen und hat von seiner Frankfurter Patentante Elli vor Kurzem eine sechsstellige Summe geerbt. Sie war als Zockerkönigin an der Börse berühmt und berüchtigt.

Der Ex-Beamte hat übrigens die Angewohnheit, bei Rechnungsprüfungen Selbstgespräche zu führen. Dafür wurde er bei der Arbeit belächelt, vor allem von seiner letzten Chefin. Mit der stand er ohnehin auf Kriegsfuß. Arro Ganter hat nie verstanden, warum eine wesentlich jüngere, aus seiner Sicht völlig unerfahrene Frau auf den Leitungsposten der Abteilung befördert worden war. Der hätte schließlich ihm zugestanden!

Bilanzieren erfordert im Übrigen grundsätzlich höchste Konzentration: »Mobile Bioresonanz[2]-Testung für 250 Euro? Wucher!

---

[2] Pseudowissenschaftliche Methode, welche vom Körper ausgehende bioenergetische Schwingungen messen möchte. Anlage der Elektroden erfolgt i. d. R. an *Energiepunkten* der traditionell chinesischen Medizin (TCM). Wird sowohl

Woanders ist die schon für 100 Euro weniger zu haben! Und dann für dieses erschütternde Ergebnis! Meine Beschwerden sollen maßgeblich von störenden Frequenzmustern der Wasserader unterm Schlafzimmer verursacht werden. Der Umzug auf die Südseite hat bisher nichts gebracht, aber jetzt kann ich wegen der Hitze nicht mehr schlafen! Vermutlich braucht das eine Weile, bis sich mein Körperstoffwechsel umstellt – hat Frau Schaman gesagt. Ich überweise dennoch erst einmal nur 150 Euro für diesen Posten … Zehnmal hoch dosierte Vitamin-C-Infusionen mit Hausbesuch für 320 Euro? Okay, die wirkten eigentlich nicht schlecht. Die Grippewelle ging diesen Winter tatsächlich an mir vorüber. Doktor Messmer behauptet allerdings, das läge wohl an der Impfung. Na, doppelt hält sicher besser.«

Die Zwischenbilanz *Gesundheitsausgaben* beträgt für diesen Monat bereits 1.897,- Euro und setzt sich aus den Kosten für verschiedene frei verkäufliche Arzneien und Nahrungsergänzungsmittel, den Behandlungskosten für den Hausarzt sowie den Psychiater zusammen; die privaten Hausbesuche machen das Ganze teurer. Aktuell sollen 470 Euro dazukommen.

---

zu diagnostischen als auch therapeutischen Zwecken eingesetzt. Kein anerkanntes Verfahren.

Arro Ganter sieht es grundsätzlich nicht ein, den veranschlagten Betrag zu bezahlen; egal ob Handwerkerrechnung oder Heilpraktikeraufwendung. Alles wird nochmals auf die Waagschale gelegt. Vor Kurzem las er einen Artikel über die wachsenden Ausgaben im Gesundheitswesen und welche Möglichkeiten es gäbe, die explodierenden Kosten einzudämmen.

Pay for Performance-Verträge[3] ... Über dieses neudeutsche Wort ist er wohlwollend gestolpert. Genau richtig! Gezahlt werden sollte erst, wenn die versprochene Wirkung auch eingetreten ist!

Die Heilpraktikerrechnung geht leider noch weiter:

»Homöopathische Konstitutionsbehandlung[4] – Erstanamnese und Arzneimittelgabe, Nux vomica[5] C200 Globuli für 150 Euro? Pfff! Was soll ich davon halten? Nux-vomica-Menschen scheinen nicht sehr sympathisch zu sein, hab' es schließlich gegoogelt. Das bin ich nicht!«, sagt er entschlossen. »Diesen Punkt muss ich mit Frau Schaman nochmals durchdiskutieren. Vorerst überweise ich ihr dafür eben nichts.«

Seine Augen schwenken zum letzten Posten:

»15 Akupunktursitzungen zur Migräneprophylaxe à 30 Minuten für 705 Euro?«

---

[3]Verträge, welche erfolgsorientierte Prämien auf der Basis entsprechender Qualitätsindikatoren als Anreiz beinhalten, um die Behandlungsqualität zu heben und zu verbessern (Abkürzung **P4P**; stammt aus dem angloamerikanischen Raum).

[4]Mit Hilfe eines geeigneten homöopathischen Mittels soll ein Patient *von Grund auf therapiert* werden. Nicht eine bestimmte Krankheit wird herausgegriffen und isoliert therapiert: Ziel ist, auf ungünstige Veranlagungen oder seit der Geburt bestehende Gesundheitsstörungen einzuwirken (lateinisch: constitutio corporis = Verfassung, Zustand des Körpers). Wirksamkeit ist wissenschaftlich nicht belegt.

[5] Lateinisch: Nux vomica = Brechnuss; zählt zur Gattung der Strychnin-Pflanzen. Häufig in der Homöopathie eingesetzter Ausgangsstoff.

Arro Ganter ist über diesen Rechnungsposten besonders verärgert. Seine Krankenkasse wollte sich bisher nicht an den Kosten beteiligen. Da haben auch die täglichen Anrufe nichts gebracht. Man hatte ihm gesagt, der Patientennutzen sei nicht sicher belegt. So ein Quatsch! Hat nicht recht, wer heilt? Seine Migräneschübe sind deutlich weniger geworden – ihm hat es also geholfen! Das hat er auf seiner Gesundheits-App digital einwandfrei und lückenlos dokumentiert!

»Ich rufe heute nochmals bei der Krankenkasse an. Auf den Kosten bleibe ich nicht sitzen. Das muss jeder vernünftige Kassenmitarbeiter verstehen! Und jetzt brauche ich unbedingt meinen Matcha-Tee[6].«

---

[6] Japanisch: 抹茶 matcha = gemahlener Tee; zu feinstem Pulver gemahlener Grüntee, welcher mit Hilfe von einem Bambusbesen in einer Schale mit ca. 80° C heißem Wasser aufgeschlagen wird. Die Teezeremonie stammt von den Zen- bzw. Chan-Buddhisten.

Die Rechnungsprüfung hat Arro Ganter sichtlich ermüdet. Er gibt Antonina über die *Was-ist-grad-los*-App kurz Bescheid. Stichwort *Teatime* reicht in der Regel. Seinen ehemals hohen Kaffeekonsum hat er auf Anraten von Frau Schaman auf japanischen Grüntee verlagert. Wäre gesünder! Er hat die allmorgendliche Durchführung dieser Teezeremonie lieb gewonnen. Optisch passt er ohnehin ganz gut in das Bild eines buddhistischen Mönchs.

Nach 15 Minuten ist noch keine Antonina und somit kein Tee in Sicht. Arro Ganter reagiert leicht gereizt und schreibt nochmals *Teatime* mit drei Ausrufezeichen. Als Zweitnachricht wird ein kleines Teufelchen hinterhergeschoben. Dieses *Emoji*[7] findet Arro Ganter angemessen. Die moderne Art zu kommunizieren bietet in der Tat gewisse Vorzüge.

Die aus Polen stammende Antonina Nachalny arbeitet seit rund sieben Monaten als Au-pair im Haus Ganter. Eigentlich sollte sie sich um Luisa, vierjährige Tochter und Nesthäkchen der Familie, kümmern. Der Krankheitsverlauf Arro Ganters hat aber Antonina viel Flexibilität abverlangt. Sie ist vormittags vor allem für die Versorgung des Familienoberhauptes zuständig, nachmittags für Luisa und den Querulanten, außerdem für den Haushalt, den Einkauf, die Bepflanzung im Innenhof usw.

Muss man sich um die junge Frau Sorgen machen? Nicht wirklich. Antonina ist mit drei Brüdern auf einem polnischen Bauernhof groß geworden. Sie weiß sich zu wehren und ist obendrein ziemlich clever. Ihr kann keiner etwas vormachen.

---

[7] Japanisch: 絵文字 bzw. えもじ = Bildschriftzeichen; universal einsetzbares, vereinfachtes Bild, welches längere Sprachbegriffe in SMS und Chats ersetzt. Davon abzugrenzen ist das *Emoticon*, bei welchem ASCII-Zeichen verwendet werden, um Stimmungs- und Gefühlszustände abzubilden. Das einfachste lautet: Doppelpunkt, Bindestrich, Klammer zu. Einige Programme wandeln dies direkt in ein gefühlsgeladenes Emoji um: ☺

»Verdammt noch mal! Was ist heute schon wieder los? Wo bleibt die störrische Ziege denn?« Ganter faucht.

Die Tür wird ohne Vorwarnung aufgerissen. »Na toll! Dank deutscher Ungeduldstugend habe ich mir gerade die Stirn gestoßen, Herr Ganter! Hier, Matcha und basta!« Antonina knallt das Teetablett auf den Schreibtisch und will wieder gehen.

»Nix Matcha-basta. Schön hiergeblieben! Wo bleibt dein Durchhaltevermögen?«, versucht Herr Ganter seine Hilfskraft verbal festzuhalten.

»Ich muss meine Stirn kühlen!«, antwortet Antonina trotzig.

»Ich brauche dich noch.«

»Meine Beule braucht ein Kühlelement.«

»Deine Beule kann warten – ich nicht!« Arro Ganter ist kurz vorm Platzen. Er greift nach dem Matchabesen und schreitet entschlossen auf das Au-pair zu. »Ein bisschen mehr Respekt, junge Dame!« Der Besen wird vor ihrem Gesicht bedrohlich hin und her gewedelt. »Himmel! Verstehst du das denn nicht? Ich hatte seit zwei Tagen keinen Stuhlgang mehr! Hol' mir meine Abführtropfen und ein Mikroklistier[8]!«

»Herr Ganter, wie oft wollen sie dieses Zeug noch einnehmen? Das fördert bloß noch mehr ihre Verstopfung!«

»Ach ja? Und das willst ausgerechnet du besser wissen als mein Hausarzt?«

Arro Ganter hält inne. Wie kann er der stressreichen Diskussion mit seinem Au-pair entfliehen? Zum Glück erinnert er sich an die Aufgabe dieses Vormittages: »Ich muss heute früh unbedingt mit Angelina sprechen. Gib ihr umgehend Bescheid.«

Noch bevor Antonina etwas erwidern kann, klopft es an der Tür.

---

[8] *Kleiner Darmeinlauf*: eine osmotisch wirksame Flüssigkeit, z. B. Sorbitol, wird über den After in den Enddarm eingeführt, um den verhärteten Dickdarminhalt aufzuweichen (*Zucker zieht Wasser an*).

Kapitel 2: Wahre Liebe

»Kann ich mit dir reden, Papa?«

Zwei verdutzte Gestalten starren in das strahlende Gesicht von Angelina. Die 23-jährige Frau verströmt eine Wolke namens *La vie est belle* von *Fantôme*.

Antonina sortiert sich blitzschnell: »Na, ich geh' mal besser …«

Schon ist sie weg.

Arro Ganter fragt leicht benebelt: »Was ist denn so dringend, dass du hier reinplatzt?«

»Komm, wir setzen uns erst einmal gemütlich hin«, meint Angelina.

Die ältere Tochter von Arro Ganter studiert Psychologie und hält sich zurzeit wieder zu Hause auf. Es sind gerade Semesterferien. Dennoch ist sie intensiv mit ihrer Seminararbeit beschäftigt und mit …

»Papa, ich muss dir etwas Wichtiges sagen!«

»Das trifft sich sehr gut. Ich dir nämlich auch. Du zuerst!«

Angelina ähnelt seiner verstorbenen ersten Frau und im Gegensatz zu seiner zweiten Tochter Luisa hat er als junger Vater noch viel Zeit mit seiner Ältesten verbracht. Beide zehren heute noch davon. Sie ist eine hübsche Dame, besitzt eine natürliche Ausstrahlung und ihre langen braunen Locken hat sie definitiv von ihrem Vater geerbt. Das sieht man aber leider nicht mehr. Ihre Menschenkenntnis wurde durch ihr Psychologiestudium weiter geschärft. Sie kann sich vorstellen, später in einem Unternehmen zu arbeiten. Angelina ist der Typ Mensch, der unmissverständlich weiß, was als Nächstes realisiert werden sollte.

»Ich will nach dem Studium heiraten!«

»Noch mal, bitte …«

»Ich will heiraten, Papa!«

Arro Ganter lehnt sich verwirrt in seinen Ohrensessel zurück. Er hat nichts von einem Mann mitbekommen. Wie kann das sein? Seine Tochter verfolgte bisher absolut zielstrebig ihr Studium und jetzt spricht sie quasi aus dem Nichts von Heirat? Und das in einem Alter, in dem man normalerweise gar nicht aufs Heiraten scharf ist! »Wie ... was ... wen willst du plötzlich heiraten?«, ächzt er.

»Du wirst ihn morgen Nachmittag kennenlernen. Einen besseren Schwiegersohn kannst du dir nicht vorstellen!« Die Studentin setzt ihr Sonnenscheinlächeln ein.

Arro Ganter seufzt. Das kann er eigentlich schon. Beim letzten Hausarztbesuch wurde er auf den Sohn und angehenden Mediziner Thomas Messmer aufmerksam. Der machte eine gute Figur, strotzte vor Tatendrang und frischem Wissen. Es wäre in seiner Situation praktisch gewesen, einen Arzt als Schwiegersohn zu bekommen.

Er hakt nach: »Was macht denn dein Freund beruflich?«

»Georg ist Altenpfleger im St.-Elisabethen-Stift.«

»Eine Pflegekraft? Ist das dein Ernst?« Arro Ganter ist fassungslos. »Der verdient ja fast nichts. Wie soll der später eine Familie ernähren?«

Beim Stichwort *Familie* zuckt Angelina kurz zusammen und versucht, sich nichts anmerken zu lassen: »Ich liebe ihn eben. Er und kein anderer!«

»Dieser Planet ist voll von ehrgeizigen klugen Männern! Kannst du dir da nicht einen Akademiker oder Manager oder wenigstens einen Betriebsvorstand angeln?«

Jetzt seufzt Angelina auf. Sie hatte zwar nicht erwartet, dass ihr Vater begeistert sein würde, aber auf etwas Wohlwollen gehofft. Die Studentin kann ihm nun schlecht mitteilen, dass sie bereits im dritten Monat schwanger ist ...

»Kennst du noch den Thomas Messmer von deiner Schule? Der hat sich hervorragend entwickelt und ist fast fertiger Arzt. Der wäre doch was für dich …«

Angelina stöhnt: »Papa, ich bin alt genug, um mir selbst einen Mann auszusuchen. Außerdem will ich einen aus Liebe heiraten und nicht wegen seines Geldes. Das kann ich schließlich selbst verdienen!«

Es klopft an der Tür. Antonina tritt ohne auf eine Antwort zu warten ein. »Herr Ganter, sie wollten dringend ihre Abführtropfen einnehmen und sich das Mikroklistier reinschieben, bitte sehr!«, sie stellt das Tablett auf den Schreibtisch. »Kann ich noch etwas für den Herrn tun?«, lächelt die Polin scheinheilig.

Arro Ganter runzelt die Stirn. Es läuft in dieser Familie nichts nach Plan und jeder macht einfach, was er will. »Geh' in die Apotheke, eine neue Packung Flohsamenschalen[9] holen. Außerdem frischen Salat, Spinat und sonstiges gesundes Grünzeug vom Bioladen.«

»Ist das alles?«

»Nein, warte! Ich brauche außerdem eine große Flasche Baldriantropfen und … Verdammt! Das andere fällt mir jetzt nicht mehr ein!«

»Vielleicht Notfall-Tropfen?«, versucht das Au-pair nachzuhelfen. »Die Flasche mit der Bachblütenessenz[10] ist fast leer!«

---

[9] Pflanzliches Quellmittel, welches traditionell zum Stuhlaufweichen bzw. zur Darmregulation eingesetzt wird. Schmeckt ziemlich schleimig!

[10] Bei Bachblüten darf man nicht auf spezielle pharmakologische Eigenschaften bestimmter Blumen hoffen. Der Wirkungsweg wird über kosmische Kräfte erklärt, die darin enthalten sein sollen. Der Arzt E. Bach (1886 – 1936) bestimmte 38 nach ihm benannte Blütenarzneien für 38 negative Gemütszustände. Im Vergleich zur wissenschaftlich basierten Pflanzenheilkunde (Phytopharmazie) sind Bachblütenessenzen nichts anderes als unwissenschaftliche, teure Placebos. Ich empfehle alternativ ein sinnliches Rosenblütenbad einzunehmen!

Arro Ganter winkt resigniert nach draußen und blickt Angelina an: »Ich muss das erst einmal verdauen. Lass uns später weiter reden!«

Kapitel 3: Verfolgungsjagd

Angelina verlässt das Arbeitszimmer und begegnet beim Treppenabgang ihrer Stiefmutter Bella Bitsch. Die beiden Frauen mögen sich nicht besonders und so verwundert es nicht, dass sich kühle Blicke kreuzen. Immerhin entweicht Angelina beim aneinander Vorbeilaufen ein leises »Guten Morgen«.

Bella betritt ohne zu klopfen Arro Ganters Zimmer. »Na, mein Schnuppelchen! Wie geht es dir denn heute früh?«

Arro blickt unterwürfig auf seine Gattin, welche sich über den Ohrensessel beugt, um seine Nasenspitze zu befeuchten. Mehr Zärtlichkeiten folgen nicht mehr, denn die Hausherrin richtet sich sofort wieder auf und fixiert ihren wehrlosen Mann.

Aus seinem Mund sprudelt Angestautes heraus: »Stell dir vor! Angelina hat mir vorhin erzählt, dass sie nach dem Studium einen Altenpfleger heiraten will.«

»Ist sie schwanger?«

»Wieso? Nein! Äh … das heißt …«

»Warum sollte sie mit 23 Jahren bloß heiraten?«

»Sie sagte *aus Liebe*.«

»Aus Liebe? Und das hast du ihr geglaubt? Das kommt mir reichlich komisch vor!«

»Kennst du ihren Freund?«

»Nein. Sie hat ihn wohl noch nicht mit nach Hause genommen!«, brummt sie.

»Angelina will ihn mir morgen Nachmittag offiziell vorstellen.«

»Das ist gut. Ich muss heute noch einiges erledigen.«

***

Bella schließt die Haustür, genießt die Sonnenstrahlen auf ihrer braun getönten Haut und setzt ihre Schanell-Sonnenbrille auf. Dann kramt sie nochmals im Portemonnaie, um sicherzugehen, dass Arro Ganters goldene Kreditkarte drinsteckt.

Bella Bitsch ist eine attraktive Frau von Mitte 40. Dank ihrer Kosmetikbesuche und plastisch-chirurgischen Eingriffe schätzt man sie jünger. Ihr Kleidungsstil mit sichtbarem Dekolleté und

Betonung ihrer optimierten Rundungen erregt immer noch Aufsehen in der männlichen Subpopulation. Das war und ist der Grund, warum sie nie wirklich arbeiten gehen, geschweige denn einen Haushalt führen musste. Sie hat vor Arro Ganter bereits zwei ältere Herren verschlissen, deren Erbe seither auf ihrem Offshore-Konto ruht. Dummerweise ist sie in den Anfängen ihrer Beziehung zu Arro Ganter mit 40 tatsächlich noch schwanger geworden. Zum Abtreiben war es zu spät. Die kleine Luisa hatte sich in der Gebärmutter breitgemacht und die Kupferspirale in Richtung Hüftgelenk abgeschoben. Da war sie schon im zweiten Schwangerschaftsdrittel und der werdende Vater meinte, man könne nicht abtreiben, wenn man schon Arme und Beine im Ultraschall sehe. Sie war froh, dass sich Antonina überwiegend um die Kleine kümmerte und genoss ihre wiedergewonnene Freiheit mit regelmäßigen Shoppingtouren.

Zielstrebig peilt sie heute Morgen den Gutschi-Laden an. Auf dem Marktplatz muss sie zwangsweise innehalten, da einer ihrer High Heels zwischen den Pflastersteinen stecken bleibt. In diesem Moment kommt Antonina um die Ecke und sieht, wie Bella laut schimpfend im Charleston-Rhythmus[11] versucht, den Schuh freizutanzen.

Das Au-pair versteckt sich schnell hinter dem nächsten Stand und linst vorsichtig unter der Plane hervor, um das Treiben der Hausherrin weiter zu beobachten. Sie sieht, wie ein junger Mann auf Bella zueilt, sich hinkniet und den eingeklemmten Stöckel-

---

[11] Nach der US-Stadt Charleston benannter, extrem schneller Gesellschaftstanz, der in den *goldenen* 1920er-Jahren weltweit populär geworden war. Sollte bei Meniskusvorschädigung besser nicht getanzt werden, da neben abwechselnden O- und X-Bein-Simulationen auch die Knie und Füße nach außen und innen gedreht werden. Sehenswert sind die legendären Tanzaufführungen von Josephine Baker während ihrer Europatournee 1925 – Internet sei Dank für jeden zugänglich.

absatz gefühlvoll befreit. Nach der Aktion erntet er ein sexy Dankeschön, sodass er vergnügt seinen Weg fortsetzt.

Bella entschließt sich kurzerhand ihre High Heels auszuziehen und läuft barfuß über den Platz, bis sie vor dem Gutschi-Laden die Schuhe wieder anzieht, sich im Schaufenster frisches Lipgloss aufträgt und dann hinter der Glastür verschwindet.

Antonina stöhnt. Nicht schon wieder eine neue Tasche! Sie überlegt in Richtung Apotheke weiterzugehen, ihre innere Stimme rät ihr jedoch zu verweilen.

Kurze Zeit später marschiert Bella mit dem schicken neuen Accessoire wieder aus dem Laden. Antonina folgt ihr. In der Drogerie wandert ein Flacon *Dekadenz* ins Seitenfach.

Als Antonina im Gang parallel zu Bella kniet, packt sie ihr Smartphone aus und verlinkt ihre Abhör-App binnen Sekunden mit Bellas Schmacht-Phone[12]. Diese App hat ihr Hackerfreund Paul Panda entwickelt – »Für den Fall der Fälle« wie er meinte. Dieser Fall liegt nun unmissverständlich vor.

Zwei Seitenstraßen weiter kehrt Bella in das Stadtcafé ein und setzt sich zu einem etwa gleichaltrigen Herrn. Die scheinen sich zu kennen, denkt das Au-pair. In der Tat sind sich Bella und ihr Gegenüber schon einmal begegnet.

***

Es war auf der Pferderennbahn am Rande der Stadt. Arro Ganter befand sich gerade in einer Rehabilitationseinrichtung. Voraus-

---

[12] Anbetungswürdiges Handy, sozusagen *kleiner Götze* des modernen Menschen, welcher für Manche im Alltag nicht mehr wegzudenken ist.

gegangen war ein weiterer Nervenzusammenbruch, den er wegen seiner Chefin erlitten hatte. Diesmal hatte er seinen Locher in Richtung seiner Vorgesetzten geworfen. Wie dumm! Die potenzielle Fremdgefährdung wurde ihm zum Verhängnis und führte zunächst zum akutstationären Aufenthalt in der Psychiatrie. *Reha vor Rente* – so war die Kostenübernahme durch den Leistungsträger motiviert. Arro Ganter zeigte bereits seit Monaten eine auffällige Arbeitsunfähigkeitskarriere. Schade, dass die Investition in der Folge keine Früchte trug …

Bella stand also mit Fernglas bestückt in der ersten Reihe. Sie begutachtete die Rösser samt dazugehörigen Jockeys, welche startklar zu sein schienen.

»Das Reizvolle am Pferderennsport ist das Unberechenbare, nicht wahr?«, sprach sie ein mittelalter Mann von der Seite an. Er trug die Haare mit reichlich Gel nach hinten frisiert, dazu passend einen weißen Hosenanzug mit Satinhemd.

»Ich liebe es«, erwiderte Bella, ohne aus der Beobachterposition zu rücken.

»Auf welches Pferd haben sie denn gesetzt?«

»Die Nummer sechs, Blakkur.« Sie setzte das Fernglas ab, um den Mann von oben nach unten näher zu betrachten. *Nicht übel*, fand sie. Dann fuhr sie fort: »Ein geiler Hengst! Der schäumt schon Testosteron aus seinen Nüstern!«

»Und ist das Pferd mit der höchsten Wettquote.« Der fremde Herr strahlte. *Hammerfrau*, dachte er.

»No risk, no fun.« Bella Bitsch drehte sich wieder weg und nahm das Fernglas an die Augen.

Das Startsignal ertönte.

»Sehe ich genauso«, flötete der Möchtegerncasanova.

***

Antonina aktiviert ihre neue App. Sie kann das Gespräch der beiden über Ohrenstöpsel mitverfolgen:

»Grüß dich Bella, du siehst umwerfend aus!« Der Mann steht auf und strebt eine Umarmung an.

»Hallo Bernd! Lass' uns gleich zur Sache kommen, das muss heute noch über die Bühne gehen.« Bella setzt sich und peilt ihr Ziel an.

»Hä? Also gut. Hier sind die Vertragsunterlagen!« Er schiebt ein paar Blätter zu Bella rüber.

Diese vertieft sich ins Lesen. Nach einer Weile nickt sie anerkennend. »Perfekt! Genau so habe ich mir das vorgestellt. Das Berliner Testament[13] kommt zum richtigen Zeitpunkt, da die älteste Tochter sich in den Kopf gesetzt hat, zu heiraten. Ich glaube ja, die ist schwanger. Sie verhält sich zumindest wie eine, die mit viel zu vielen Hormonen überschüttet wird. Die Zahl der potenziellen Erben könnte also steigen.« Bella will ihre Stirn runzeln. Merkt bloß keiner – Botox[14] sei Dank!

»Keine Angst! Wenn Ganter hier unterzeichnet, gehört im Falle seines Todes alles dir, mein Tiger.« Er will nach ihrer Hand greifen, doch Bella zieht sie zurück.

---

[13]Bezeichnet im deutschen Erbrecht ein gemeinschaftliches Testament von Ehe- oder Lebenspartnern, welches sicherstellen soll, dass zunächst dem überlebenden Partner der Nachlass des verstorbenen Partners alleine zufällt. Stirbt der *Vorerbe*, dürfen auch die *Nacherben* – meist die Kinder – etwas vom Kuchen abbekommen.

[14]Gemeint ist *Botulinumtoxin Typ A*, ein Gift eines Bakteriums (Clostridium botulinum), welches die Erregungsübertragung von den Nervenzellen zu den Muskeln hemmt. Beliebtes Mittel zur Faltenbehandlung, v. a. zur Bekämpfung der sogenannten *Zornesfalten*. Zu Goethes und Schillers Zeiten nannte man das noch *Denkerstirn*. Die Gesichtsmimik wird rund um die injizierten Stellen geschwächt bis gelähmt.

»Das wird unter Umständen nicht einfach werden. Arro hängt immer noch an Angelina.«

Antonina hat mittlerweile ihre Fingernägel abgekaut und stampft wütend auf den Boden, nachdem sie gegoogelt und verstanden hat, was das für eine Art Testament ist: Bella will die beiden Töchter erbtechnisch ausklammern!

»Bella, dann könnte unser Traum bald wahr werden, oder?«

»Schau 'n wir mal. Zahlst du? Ich hab' grad kein Bargeld mit.« Ein aufreizender Blick genügt.

Das Paar verlässt gemeinsam das Café in Richtung ganterches Haus. Antonina läuft zur Apotheke; ihr Gehirn arbeitet unentwegt an einer Lösung für das heranziehende Familiengewitter.

Mittlerweile hat Arro Ganter seinen Tee tatsächlich genießen können, das Mikroklistier hat gewirkt und er hört sich eine MP3 mit Anleitung zu progressiver Muskelentspannung an. Auf dem Höhepunkt der Tiefenrelaxation klopft es an der Tür.

»Herein«, ruft er angespannt, wie immer.

»Hallo Schnuppelchen! Darf ich dir Herrn Gutknecht vorstellen? Du weißt doch, der Notar, von dem ich dir letztens erzählt habe?!«

»Ach ja, nehmen Sie doch Platz, Herr Gutknecht!« Arro setzt sich an seinen Schreibtisch und dirigiert seinen Gast auf den davorstehenden Stuhl – fast wie früher auf dem Amt, wenn er Besuch bekam.

Bella umkreist den Tisch und nimmt einen Reitersitz auf Arros Stuhllehne ein. Sie wirft ihrem Mann einen umschmeichelnden Blick zu.

»Vielen Dank, Herr Ganter. Hier sind die Vertragsunterlagen für das Testament. Sie sind so weit fertiggestellt, Sie müssen eigentlich nur noch unterschreiben.« Er lächelt sanft. »Sehen Sie, da wo die gelben Fähnchen stecken. Ihre Frau hat bereits unterzeichnet.«

Arro Ganter sieht Bella verdutzt an, wendet sich aber gleich wieder seinem Gegenüber zu. »Gut, aber erstmal will ich das in Ruhe durchlesen.«

Einige Minuten später stellt Arro Ganter fest: »Also, dann geht im Falle meines Todes das ganze Vermögen ausschließlich auf meine Frau über?«

»So hatten Sie das doch beide im Vorfeld verfügt?«, fragt der Notar höflich nach.

»Eigentlich schon, bloß haben sich ein paar Dinge geändert. Meine älteste Tochter will demnächst heiraten und …«

»Prima! Dann ist sie ja bestens versorgt!«

»In diesem Fall weiß ich nicht, ob …«

»Aber Schnuppelchen!«, unterbricht Bella die abwegigen Gedanken ihres Gatten und streichelt über seine Glatze. »Keiner will und glaubt, dass du demnächst stirbst! Wir werden alle auf dich achtgeben! Und was Angelina betrifft: Da ist noch nichts besiegelt, oder?«

Arro seufzt. »Mein Schatz! Ich weiß, dass du dich besser fühlst, wenn deine Existenz abgesichert ist.« Er greift nach seinem Füllfederhalter, unterzeichnet und entfernt ein gelbes Fähnchen nach dem anderen.

Kapitel 4: Kneipenkomplott

Es ist Abend geworden. Antonina ist fix und fertig. Dieser Tag hatte es in sich. Nachdem sie Arro Ganter am späten Vormittag versorgt und die Familie bekocht hatte, war sie mit Luisa auf den Spielplatz gegangen. Später hat sie den Innenhof von Unkraut befreit sowie die Topfpflanzen arrangiert und gegossen. Dank steigender Außentemperaturen konnte sie den antiken Eisentisch mit Stühlen vom Speicher herunterholen und aufstellen. Stolz betrachtet sie die heimelige Ecke.

Plötzlich hört sie von oben Angelinas Stimme: »Das sieht wunderbar aus! Jetzt mach' aber mal Feierabend! Ich habe auch keine Lust mehr, an meiner Seminararbeit weiterzuschreiben. Lass uns ins *Cheers* gehen!«

Antoninas Augen leuchten. Eine gute Gelegenheit, Angelina in aller Ruhe vom Abhörergebnis zu berichten.

Das *Cheers* ist unweit des ganterschen Hauses im Stadtzentrum gelegen. Es ist seit Langem Angelinas Lieblingsort für die Einkehr am Abend. Seit sie dort ihren Freund kennen und lieben gelernt hat, geht sie fast täglich aus.

Georg Kluny ist 24 Jahre jung, Vollzeit-Altenpfleger und Nachtmensch. Seine Ausbildung finanzierte er durch den Job an der Bar. Seine Mixkünste sind stadtbekannt. Letztes Jahr wurde er in dieser Disziplin sogar deutscher Meister. Beim *World Cocktail Championship* in Kapstadt belegte er immerhin den 7. Platz von 63 Nationen.

Passen Barkeeping und Altenpflege zusammen? Irgendwie schon. Georg sagte zu Angelina, er liebe es, anderen zuzuhören. An der Bar und am Krankenbett erzählen die Menschen viel und er erfährt jeden Tag einzigartige Lebensgeschichten. Mit seinem

Humor kommt er mit den Demenzkranken im Heim zurecht. Sie lieben ihn, weil er sie mit ihren Schwächen annimmt. Er ist also das ziemlich genaue Gegenteil von Arro Ganter: einfühlsam, kreativ-chaotisch veranlagt und immer Optimist.

Die Psychologiestudentin ist sich sicher, dass ihr Unterbewusstsein richtig entschieden hat. Sie nennt ihren Freund liebevoll *Clou*, weil er sie oft mit unerwarteten Ideen zum Lachen bringt. Umgekehrt spricht er seinen Engel mit *Angie* an.

»Da kommt ja mein aufgehender Stern am Psychologenhimmel!«, ruft Clou begeistert und winkt die beiden jungen Damen zu sich an die Bar. Am Tresen sitzt schon Paul Panda, IT-Freak und Verehrer Antoninas.

Nach zwei hintereinander folgenden Schmatzern ereifert sich Antonina, den anderen von ihrem Vormittagserlebnis zu berichten. Paul erntet zwischendurch noch einen Kuss, da seine Abhör-App perfekt funktioniert hat.

Die Polin fasst zusammen: »Leute, ich finde, wir können nicht atemlos durch die Nacht …«

»Tatenlos?«, schlägt Angelina vor.

»Tak[15]! Dann eben tatenlos zusehen, wie diese Bitsch ihre Vorteile rausholt! Ich glaube, die hat noch Schlimmeres vor, jetzt wo das Testament unterschrieben ist!«

»Du meinst, die will den Tod von Angelinas Vater beschleunigen?« Paul ist entsetzt.

»Aber sicher! Diese Frau ist doch *Der Teufel trägt Gutschi*! Ich habe sie vor Kurzem beobachtet, wie sie versucht hat, die Nachbarskatze zu überfahren. Sie hat absichtlich Vollgas gegeben! Zum Glück konnte das Tier noch mit einem Satz ausweichen. Weil die Bitsch so raste, musste sie dann in der Kurve das Lenk-

---

[15] Polnisch: Ja! Ja klar! So!

rad rumreißen und aufs ABS vertrauen. Jesus Maria, der Jaguar hat jämmerlich aufgeheult! Fast wäre sie in den Zaun reingefahren. Und das alles bloß, weil sie es hasst, wenn das Tier ihre Haufen in unser Innenhofbeet setzt. Dabei mache ich die immer weg!

»Oh Gott! Dann ist mein Vater in ernster Gefahr?« Angelinas Augen sind weit aufgerissen.

»Hey Leute, mal ganz gechillt: Wir verurteilen die Frau, bevor die ernsthaft etwas in eine kriminelle Richtung geplant hat. Probiert mal meine Piña Colada, versucht Clou die hochgekochte Stimmung wieder zu dämpfen. Für seine Freundin lässt er den Alkohol unauffällig weg; die Sache mit dem Nachwuchs soll noch nicht an die große Glocke gehängt werden.

Nach kurzem Schweigen und Lauschen südamerikanischer Hintergrundmusik ergreift Paul als Erster wieder das Wort: »Leute, ich hab' eine Idee!«

Vier Köpfe treffen sich in der Mitte und es wird mächtig hin und her getuschelt, bis sich vier Gesichter zufrieden anlächeln und mit ihren Cocktails im Kneipenchorgesang anstoßen: »Cheers!«

Kapitel 5: Begegnung mit der Nachtwache

Georg hilft bereits in der Küche abspülen. Paul Panda verlässt als Letzter die Bar. Er ist frustriert, da er seit sieben Monaten arbeitslos ist. Bei seiner letzten Stelle hatte er sich in den Firmenserver gehackt. Ihn hatte genervt, dass einige seiner Lieblingswebsites an der Firewall abprallten. Was für Internetseiten? Verraten wir nur so viel: Er hat eine Schwäche für osteuropäische vollbusige Frauen!

Ein Glück, dass er kurz nach seiner Kündigung dem polnischen Warmblüter über den Weg lief. Er fühlt sich von Antonina angezogen. Sie hingegen hält ihn hin. Seine flapsige Art passt ihr nicht immer. Mittlerweile hat sie ihn etwas umerzogen, sodass sich die beiden allmählich näherkommen.

Als er mit seinem Mofa über den Marktplatz eiert, kommt ihm gerade eine Polizeistreife entgegen.

»Da hat aber einer mächtig über den Durst getrunken!«, frotzelt die Bulldogge von Ordnungshüter.

»Komm, Junge, puste hier ins Röhrchen!«, meint der andere.

Paul hat sein Gefährt angehalten und blinzelt in die Taschenlampe der Wächter. Er versteht nicht ganz, was los ist. Verlegen steckt er seine Hände in die Hosentaschen und entdeckt einen Zehn-Euroschein. Reflexartig streckt er die Hand nach vorne:

»Hi guys! Take that, please«![16]

Die überraschten Polizisten nehmen die Banknote und lassen Paul weiterfahren.

Echt verrückt! Wenn der Hacker besoffen ist, verfällt er ins Englische!

---

[16] Englisch: Hallo Jungs! Nehmt das bitte!

Als Paul seine Maschine vor der Garage abwirft, schaut er in den Sternenhimmel. Er wird sich erst jetzt des strahlenden Vollmondes bewusst:

»Ready for a moon walk, honey?«[17]

---

[17] Englisch: Bereit für einen Mondspaziergang, Schatz?

Kapitel 6: Kaffeetafel mit Folgen

Clou hat Urlaub genommen. Es gibt viel zu organisieren, jetzt wo Angelina und er in einigen Monaten Eltern werden. Richtig geplant war der Nachwuchs nicht, aber es kam für beide nicht infrage, nicht zur Schwangerschaft zu stehen. Schwieriger ist nur, dem Umfeld davon zu erzählen. Wegen seiner Mutter macht sich der junge Pfleger weniger Sorgen, die wird sich bestimmt freuen, zumal sie seit dem tödlichen Herzinfarkt seines Vaters allein lebt. – Georgs Schwester Sina ist nach Australien ausgewandert, er ist nunmehr die einzige Bezugsperson vor Ort.

Wie wird Herr Ganter wohl reagieren? Er kennt ihn bloß von Angelinas vielen Erzählungen: launisch, kompliziert und ständig krank.

Heute hat er sich vorgenommen, sich dem Schwiegervater in spe offiziell vorzustellen. Sie haben sich zum Kaffee verabredet.

Clou hat am Marktplatz Erdbeerkuchen besorgt, klingelt an der Tür und drückt mit einer Hand gegen den Knauf.

Fast stolpert er, weil die Tür sofort aufgeht und ihm seine Freundin um den Hals fällt. Angelina hat schon eine ganze Weile sehnsüchtig am Flurfenster gewartet.

»Warte! Lass mich mal den Kuch…«, weiter kommt er jedoch nicht, da ihn Angelinas Lippen zum Schweigen bringen. – Mmmh, die Lippen schmecken auch nach Erdbeere!

»Ich freue mich, dass du da bist! Komm' rein!«

Clous linker Arm ist mittlerweile ganz schwer geworden. Er ist froh, den Nachtisch auf der Dielenkommode ablegen zu können und revanchiert sich mit einem leidenschaftlichen, ausgedehnten Gegenkuss.

Das romantische Intermezzo wird unterbrochen: »Kaffeetafel ist gedeeeckt!«, tönt Antonina in den Flur.

Angelina und Clou sind die Ersten im Wohnzimmer. Derweil betritt die Polin das Zimmer der Mürrischkeit und wird mit einem entsetzten Aufschrei begrüßt:

»Oh Gott! Diese Farbe und diese Konsistenz hat er noch nie gehabt!«

Ohne den Hauch einer Chance zum Entrinnen muss sich Antonina das neueste *Selfie*[18] des Hausherrn zur Begutachtung unter die Nase halten – vielmehr handelt es sich um einen Selfieausschnitt. Der Gedanke an Kuchen ist mit einem Schlag verschwunden.

»Tak więc!«[19] Was soll das sein? Ihr aktueller Kackhaufen etwa?«

»Verdammt! Das ist kein Kackhaufen, das ist ein objektiver Beleg für eine ernsthafte Erkrankung meines Darmes! Ich muss das Herrn Doktor Messmer mailen und nachfragen, ob er beim nächsten Hausbesuch etwas zur Entnahme einer Stuhlprobe mitbringen kann. Das sieht sehr verdächtig aus, das da!«

»Interessant! Ich wusste nicht, dass ein Exkrement[20] böse sein kann … Wussten Sie, dass in Malaysia das Stuhlgang-Emoji auf Platz eins steht? Die sind locker drauf!« Sie grinst. »Ist doch gut, wenn ihr fieser Stuhlgang endlich den richtigen Ausgang gefunden hat?«

»Du Luder! Mir geht es gar nicht gut, eher schlechter! So pathologisch[21] sah mein Stuhlgang **niemals** aus!«

---

[18] Englisch: Selbstporträt, welches in der Regel mit dem eigenen Schmachtphone – Verzeihung! – Smartphone, aufgenommen wird. Sind mehrere Personen beteiligt, wird daraus ein *Gruppenselfie*. Reicht die eigene Armlänge nicht aus, greift man zum *Selfiestick*. Bitte beachten: Die Selfiestange lässt sich nicht als Hilfsmittel auf Kassenrezept verordnen!

[19] Polnisch: So!

[20] *Ausscheidung*, gemeint ist entweder Urin (= Endergebnis des Harntrakts) oder Kot/Stuhlgang (= Endergebnis des Magen-Darm-Trakts).

[21] krankhaft, abnorm

»Es ist irgendwann immer das erste Mal!«, kontert sie. »Darf ich Ihnen zwischendurch sagen, dass ihr angekündigter Besuch wartet?«

Arro Ganter hält inne: »Du meinst diesen Pfleger?!«

»Der gute Mann hat Erdbeerkuchen mitgebracht!«

Missmutig verschickt unser eingebildeter Kranker seine Mail samt Bildanhang an seinen Hausarzt. Dann folgt er dem Au-Pair ins Zimmer nebenan.

»Also, sie sind derjenige, den meine Tochter unbedingt heiraten will?«, konfrontiert ihn Arro Ganter gleich in strengem Unterton.

Clou will Angelinas Vater die Hand reichen, dieser winkt ab und bittet ihn stattdessen Platz zu nehmen.

»Dazu gehören immer zwei: Wir wollen beide heiraten«, präzisiert der Pfleger.

Der Hausherr ignoriert die Antwort und holt aus: »Wieso wählt heutzutage ein junger Mann den Beruf des Altenpflegers?«

Wenig überrascht antwortet Clou: »Das werde ich oft gefragt. Ich habe im St.-Elisabethen-Stift meinen Zivildienst geleistet. Die Arbeit hat mir sehr viel Spaß gemacht, dann bin ich dort hängen geblieben. Es gibt kaum Berufe, die so nah am Menschen dran sind und …«

Demonstratives Gähnen vom Hausherrn. »Jammerschade! Ihren Beruf wird man bald nicht mehr brauchen!« Arro Ganter führt aus: »In Japan werden die ersten Pflegeroboter erfolgreich in Altenheimen eingesetzt. Ich habe schon vor Jahren, sozusagen mit Weitblick, Aktien des betreffenden Industrieroboterherstellers erworben, als dieser noch in seinen Start-up-Füßchen steckte. Und siehe da, es zahlt sich bereits aus, der Aktienkurs steigt rasant!« Mit einer Suggestivfrage will er den jungen Mann endgültig festnageln: »Welcher vernünftige Mensch will gerne bei Alten Windeln wechseln oder sabbernde Mäuler füttern?«

Der Pfleger merkt Wut in sich hochsteigen, versucht aber beherrscht zu bleiben: »Wenn Sie die Wahl hätten: Würden Sie lieber von einer Maschine den Hintern abgewischt bekommen oder von einer mit blecherner Stimme rumkommandierenden Roboschwester rasiert werden?«

»Habe ich etwa von mir gesprochen?« Herr Ganter hüstelt. »Jeder erntet schließlich das, was er sät. Ich meine, für die meisten Leute ist heutzutage Pflege guter Qualität unbezahlbar geworden und die gesetzliche Versicherung kann das in den kommenden Jahren nicht auffangen. Ich sage voraus, dass die Beiträge weiter explodieren werden …«

»Für diese Erkenntnis braucht es keine Wahrsagekugel!«, schnaubt Clou. »Außerdem ist Geld nicht alles! Ich habe noch nie erlebt, dass Menschen beim Zurückblicken auf ihr Leben geäußert hätten, dass sie es bereuen, nicht genug Geld verdient zu haben. Leute wie Sie leben von der Armut anderer! Ich ziehe es vor, mit meiner Familie lieber bescheidener zu leben, dafür morgens aufrichtig in den Spiegel schauen zu können!«

»Was?« Der letzte Satz traf ins Schwarze. »Sie werden nicht imstande sein, Kinder in die Welt zu setzen, geschweige denn groß zu ziehen!«

»Eins ist aber schon unterwegs!«, grätscht Angelina dazwischen und ihr Blick bittet Clou, sofort mit rauszugehen.

Während die beiden in die erste Etage abziehen, kommt ihnen Bella entgegen und wundert sich, ob sie sich so sehr verspätet hat.

»Was …«, setzt Bella an und wird zu ihrer Verblüffung sofort unterbrochen, wo doch ansonsten sie das Heft in der Hand hat.

»Du hattest recht! Dieser Bastard **hat** ein Kind mit meiner Tochter gezeugt! Von erfolgreicher Lebensführung versteht der gar nichts!« Des Vaters Stimme bebt.

»Aber Schnuppelchen!« Sie schnalzt mit der Zunge. »Richtig dynamisch kommst heut' rüber! Bleibt dir da auch ein wenig Energie für …«

»Aiiih!« Arro Ganter fasst sich an die linke Brust. »Mein Herz fängt wieder an zu rasen! Ich muss mich sofort hinlegen, bevor ich Kammerflimmern bekomme! Hilf' mir bitte rüberzugehen!«

Sie hakt sich enttäuscht ein und versucht im Watschelschritt – wegen der Hausschuhvariante von High Heels – ihrem Mann ins Bett zu verhelfen.

Nach dieser für sie recht ungewohnten Aufgabe macht sie kehrt Richtung Arbeitszimmer, um eine Website ausfindig zu machen. Suchbegriff: *Der perfekte Mord*. Sie wird fündig: *Spurenlose Gifte der russischen Mafia*.

Derweil hat das junge Paar ausgiebig Solidaritätsbekundungen, also unzählige Küsse ausgetauscht, bis Clou beschließt, das Thema zu wechseln: »Was macht eigentlich deine Seminararbeit? Kommst du voran?«

»Geht so! Bin zurzeit etwas unkonzentriert. Dann wird mir zwischendurch auch noch dauernd übel. Gestern habe ich mich das erste Mal übergeben.«

»Hey! Das schaffst du schon!« Clou streichelt seiner Verlobten über die Wange. »Lies mir doch vor, was du bereits geschrieben hast!«

Wen wundert es, dass sich Angelina ausgerechnet das Thema *Cyberchondrie* für die Seminararbeit in Psychologie ausgesucht hat. Schließlich lebt sie gerade mit einem besonders gelungenen Exemplar unter einem Dach und die Forschung hierzu steht erst am Anfang.

»Na gut … Cyberchondrie – vom Wesen der eingebildeten Kranken 2.0 … Punkt 1: Begriffsbestimmung … Die Beschreibung der von anhaltenden Ängsten getriebenen, in der Regel unbegründeten Befürchtung, an einer ernsten körperlichen Krankheit zu leiden oder krank zu werden, lässt sich schon auf die griechische Antike zurückführen. Der Begriff Hypochondrie leitet sich aus den beiden griechischen Wörtern *hypo* und *chondros* ab, was so viel bedeutet wie: unterhalb des Knorpels. Die Griechen glaubten, dass Erkrankungen der unter den Rippenknorpeln gelegenen Organe des Bauchraumes, also Leber, Milz, Magen, Darm und so weiter, unter anderem zu psychischen Störungen führen. Zum Wesen des Hypochonders gehört die übermächtige, sachlich nicht begründbare Sorge um die eigene Gesundheit und das eigene Leben. Er neigt zu akribischer Selbstbeobachtung, hat allerdings das Vertrauen in die Selbstverständlichkeit der physiologischen Funktionsabläufe seines Organismus verloren. Trotz angemessener medizinischer Abklärung und Rückversicherung durch eine Vielzahl behandelnder Therapeuten, verharrt der Hypochonder in seiner krankhaften Einstellung. Erst mit zunehmender Verbreitung des Internets war der Grundstein für den Neologismus[22] *Cyberchondrie* gelegt. Cyber ist laut Duden ein Wortbildungselement mit der Bedeutung: die von Computern erzeugte virtuelle Scheinwelt betreffend.«

Clou unterbricht: »Voll krass: Der griechische Knorpel verschmilzt Tausende Jahre später mit der englischen Computerscheinwelt.«

»Irgendwie schon. Das kann ich bloß nicht so reinschreiben.«, merkt Angelina an. »Manchmal verrückt, wie diese Begriffe entstehen ... naja, ich lese weiter: Der Begriff taucht erstmals Ende der 90er-Jahre auf und meint zunächst allgemein die Suche nach webbasierten Gesundheitsinformationen. Anfang des neuen Millenniums beschreibt ein Artikel der englischen Zeitung *The Independent* Cyberchonder als Menschen, welche an durch exzessiven Gebrauch von Internetwebsites geschürter Angst um die eigene Gesundheit leiden. Der Betreffende sucht die Information im Internet auf, in der Hoffnung, seine Ängste besser bewältigen zu können. Hypochonder nutzen das Web deutlich häufiger hinsichtlich gesundheitsrelevanter Themen; die wiederholte oder exzessive Suche kann allerdings in die Verschlimmerung der Beschwerden münden. Erste wissenschaftliche Publikationen folgten zeitversetzt ab 2006. Microsoft leistete 2008 den ersten großen Beitrag mit Erforschung der möglichen Ursachen von Cyberchondrie. Die firmeneigenen Wissenschaftler White und Horvitz stellten die unbegründete Eskalation von Sorgen und Ängsten, gegenüber geläufigen Beschwerden auf der Grundlage der Bewertung der Suchergebnisse und Literatur im Web, als wesentliches Merkmal des neuartigen Phänomens dar. Angaben zu seltenen ernsten Krankheiten finden sich über Suchmaschinen viel häufiger, als es ihrem Auftreten eigentlich

---

[22] Wortneuschöpfung

entsprechen würde. Zum Beispiel kann der Cyberchonder bei auftretenden Kopfschmerzen nach seiner webbasierten Recherche einen selten als Ursache infrage kommenden Hirntumor assoziieren und davon überzeugt sein, einen solchen zu haben. Durch die Suche im Internet findet er unerwartet neue Pathologien, welche neue Ängste schüren.«

Die Welt ist eine Google!
Suche:
»kopfschmerzen gehirn«
kopfschmerzen gehirn **schwillt an**
kopfschmerzen gehirn **wackelt**
gehirntumor kopfschmerzen
gehirntumor kopfschmerzen **anzeichen**

»Weitere Arbeiten bestätigen, dass Menschen mit von Natur aus höherem Angstlevel auch anfälliger für Cyberchondrie zu sein scheinen. Mit steigender Gesundheitsangst nimmt der Zusammenhang zwischen dem Ausmaß an Internetrecherche und Terminvereinbarungen bei Ärzten zu – dies ist zum Beispiel Ergebnis einer US-online-Studie. Cyberchondrie ist bislang nicht als eigenständige psychische Störung in der internationalen Klassifikation von Krankheiten, der ICD-10[23] beziehungsweise in der aktuellen Version des Diagnose-Statistik-Manuals der US-amerikanischen Psychiatrievereinigung, dem DSM-5[24], verankert worden. Viele werten Cyberchondrie als Teil von Hypochondrie respektive von Angststörungen. Die genaue Abgrenzung zu anderen psychiatrischen Störungen ist in der Fachwelt noch nicht konsentiert. Ziel dieser Seminararbeit ist es, die bisherigen – insgesamt noch überschaubaren – wissenschaftlichen Beiträge ausführlich darzustellen und die Bedeutung der Cyberchondrie als mögliches Forschungsgebiet in der Psychologie aufzuzeigen.«

»Wow! Du klingst wie eine angehende Professorin. Ich finde den Teil bisher gut verständlich und interessant.«

---

[23] *Internationale statistische Klassifikation der Krankheiten und verwandter Gesundheitsprobleme* (Englisch: International Classification of Diseases), 10. Revision, deutsche modifizierte Version von 2005; jede Krankheit wird mit einem bestimmten Buchstaben- und Zahlencode verschlüsselt, sodass Diagnosehäufigkeiten international statistisch ähnlich erfasst und miteinander verglichen werden können (basiert auf dem Regelwerk der WHO). Einsehbar unter: http://www.dimdi.de/static/de/klassi/icd-10-gm/index.htm, http://www.who.int/classifications/icd/en/

[24] *Diagnostischer und statistischer Leitfaden psychischer Störungen* (Englisch: Diagnostic and Statistical Manual of Mental Disorders), 5. Auflage erschienen am 18. Mai 2013; bekanntestes Klassifikationssystem in der Psychiatrie, welches von der amerikanischen psychiatrischen Vereinigung (American Psychiatric Association, APA) begründet wurde und weiterentwickelt wird. Kritiker bemängeln an der aktuellen Version fragliche Validität, Diagnoseaufweichungen und Industrienähe der Autoren. Kostenpflichtiges Werk.

»Danke. Bisher habe ich nicht sonderlich viel geschrieben. Egal! Zur Feier des ersten Seminararbeitsteils könnten wir bei dem schönen Wetter in den Innenhof rausgehen und einen alkoholfreien Prosecco trinken – ist kühl gestellt.«

Nach einer Pause fährt sie fort: »Auch wenn das mit meinem Vater ein eher deprimierendes Ereignis war …«

»Du wirst ihn nicht mehr ändern können: Einmal Hypochonder, immer Hypochonder. Solange du keiner wirst …«, zwinkert Clou ihr zu.

»Definitiv nicht! Da scheinen die mütterlichen Gene stärker zu sein. Viel schlimmer wurde das bei ihm erst, als meine Mutter an Darmkrebs gestorben ist. Ich hatte eine Zeit lang gehofft, dass es wieder anders wird …«, Angelina seufzt. »Vermutlich hast du recht. Lass uns rausgehen! Antonina hat eine richtige Kuschelecke im Innenhof zusammengestellt.« Sie nimmt die Hand ihres Verlobten.

Die beiden richten sich im Hof ein und bestellen zum Abendessen Pizza. Um das Warten zu überbrücken, bewundern sie das Blumenarrangement von Antonina. Zweifelsohne hat die Polin einen grünen Daumen: Alles treibt und fängt an zu blühen. Die Rosen haben es Angelina besonders angetan. Sie beugt sich nach vorne und stößt mit ihrer Nase an die erste Blüte. Dann holt sie tief Luft.

»Mmmh, riecht die gut!«

Clou nähert sich seiner Verlobten von hinten und kämmt mit seiner rechten Hand behutsam die Lockenmähne zur Seite, um den frei werdenden Hals zu küssen. Er tastet sich mit dem Mund zirkelartig nach vorne, Angelina dreht sich ihm entgegen. Beide Lippenpaare begegnen einander …

***

Arro Ganter kann kein Auge zudrücken. Der Groll auf den jungen Pfleger sitzt tief. Er beschließt nach zwei Stunden sinnlosen Rumliegens aufzustehen und zieht den Vorhang auf, welchen seine Frau zum Abdunkeln zugezogen hatte. Da fällt sein Blick auf das innig umschlungene Liebespaar. Wie paralysiert beobachtet er von seinem Fenster aus das Tête-à-Tête im Innenhof.

Er sieht, wie die beiden Zungen leidenschaftlich miteinander zu tänzeln anfangen. Dummerweise bewegen sich Angelina und Clou jetzt aus seinem Gesichtsfeld. Er versucht nach rechts mitzuwandern, drückt seine Nase an der Scheibe platt und stößt dabei den Bonsaitopf am Fensterbrett seitlich weg. Dieser kippt kopfüber auf den Sessel – Sein geliebter Ohrensessel! Er hatte ihn von Tante Elli geerbt – genau wie das Talent zum Aktienmarkt-Zocken. Das gemütliche Möbelstück hatte er mit cognacfarbenem Samt neu beziehen lassen. Er streicht oft und gerne über den Stoff.

»Mist!«, flucht Herr Ganter. Missmutig entfernt er die Erdkrümel vom Stoff. Dann verarztet er zwei umgeknickte Äste an seinem Bäumchen, indem er jeweils eine Büroklammer an der Bruchstelle befestigt.

Nach getaner Arbeit lässt er sich auf den Ohrensessel fallen und überstreckt seinen Kopf am Scheitel des Lieblingsstücks. Sein Blick verhaftet an der Decke.

Einen Moment später steht der Hausherr wieder auf. In seinem Arbeitszimmer hat er sich vor Jahren eine kleine Hausbar eingerichtet. Früher hatte er noch Whiskeys aus der ganzen Welt gesammelt. Wegen seines Reizmagens hat er neben dem Kaffee jedoch auch dem Alkohol abgeschworen. Er greift nach einem rund zwölf Jahre alten *Single Malt Scotch Whisky* und schenkt sich ein.

Wieder im Lieblingssessel angekommen, nippt Arro Ganter Schlückchen für Schlückchen den Ballast des Tages runter.

***

Um Mitternacht checkt Herr Doktor Messmer seine Tagesmails – vorher kam er nicht dazu. Er ist von der Abendsprechstunde ziemlich geschafft. Zu viele Patienten mit somatoformen Störungen[25] haben ihn gestresst. Beim Anblick von Herrn Ganters Stuhlgang runzelt er die Stirn. Der Hausarzt leitet die Mail an seinen Sohn weiter:

Betreff: Stuhlvisite
Text: Und? Welche Blickdiagnosen fallen dir ein? Morgen dann mehr beim Hausbesuch.
GN, Dad.

---

[25] Der Patient beharrt auf der Darstellung rein körperlicher Beschwerden, welche allenfalls in Teilen oder gar nicht auf entsprechende organische Ursachen zurückzuführen sind.

Kapitel 7: Arztbesuch

Eine weiße Perserkatze tänzelt auf Arro Ganter zu. Sie bleibt zwei Meter vor ihm sitzen und blickt ihn mit grünen Augen an. Je länger er sie anschaut, desto schwindliger wird ihm. Mit einem Satz springt ihm das Raubtier ins Gesicht und krallt sich fest.

Arro Ganter wacht laut schreiend auf. Schweißgebadet greift er nach dem Wasser neben seinem Bett und trinkt die Flasche sofort leer. Er nimmt eine Schmerztablette, dann versucht er sich erneut hinzulegen.

Nach einer Weile sieht er in das Gesicht seiner Ex-Chefin. Sie lacht ihn aus. Ein hässliches Lachen. Eine hässliche Stimme: »Ganter, Sie Loser!«

Loser hallt es von allen Seiten nach. Er will entfliehen und rennt los. Den Schacht hat er übersehen. Er fällt, fällt, fällt – gefühlt in die Unendlichkeit. Unverhofft spürt Arro Ganter die Matratze unter sich. Erleichtert wischt er den Schweiß von der Stirn weg. Was für dumme Träume!

Als er sich an den Bettrand setzt, kommt er wieder, dieser Schwindel. Ihn plagen zudem Kopfschmerzen, Sodbrennen und Herzstolpern. Die Uhr strahlt ihn mit 5:45 an. Er legt sich das Blutdruckgerät ans Handgelenk – eins liegt immer an seinem Nachttisch, das Zweitgerät am Schreibtisch. Heute früh tut das aufgeblasene Polster richtig weh. Ergebnis: Ruhepuls 86 pro Minute. Blutdruck 135 zu 87 – so hoch wie lange nicht. Er braucht unbedingt einen Arzt.

Die Nummer kann Arro Ganter auswendig. Leider nur der Anrufbeantworter: »Sie rufen außerhalb unserer Sprechzeiten an. Wollen Sie uns eine wichtige Nachricht hinterlassen, vergessen

Sie nicht, Ihren Namen und Ihre Telefonnummer zu nennen. Sprechen Sie jetzt nach dem Piepton …«

»Ja, äh, Ganter hier. Ich brauche dringend einen Hausbesuch … noch vor der Sprechstunde … ich fühle mich gar nicht gut!«

Doktor Messmer kennt die Nummer auch auswendig. Böse Zungen behaupten, dass Mediziner bereits im Studium ganze Telefonbücher auswendig lernen. Sagen wir so: Manche Patientendaten prägen sich automatisch ein.

***

Antonina klopft an die Tür, öffnet sie leise und linst herein. Sie sieht Herrn Ganter sichtlich angeschlagen auf seinem Sessel sitzen. »Wollen Sie vielleicht eine Tasse Matcha-Tee trinken?«

Arro Ganter stöhnt nur leise.

Das Au-pair setzt behutsam nach: »Herr Doktor Messmer rief an, dass er erst gegen 12:30 Uhr vorbeikommen kann.«

»Waaas? So spät?« Augenblicklich erwachen die Lebensgeister wieder. »Bis dahin bin ich längst gestorben!«

»Ach Väterchen Ganter. Besser spät als gar nicht!«

»Ich habe ihm doch aufs Band gesprochen, dass es eilig ist!«, reagiert Arro Ganter trotzig.

»Der arme Arzt hat noch andere Patienten zu versorgen.«

»Von denen stirbt aber nicht gleich jeder, wenn er vor der Sprechstunde warten muss!«, brummt er.

Antonina stellt das Teeservice ab und murmelt beim Verlassen des Zimmers auf Polnisch vor sich hin: »Wdzięczność poszła do nieba i drabinę ze sobą zabrała …«[26]

---

[26] Die Dankbarkeit ist in den Himmel gestiegen und hat auch gleich die Leiter

50

Herr Ganter greift zu seinem Handy und drückt die Wahlwieder-holungstaste.

»Praxis Messmer, Sie sprechen mit Vera Krieg.«

»Ganter hier. Ich habe gerade erfahren, dass der Doktor erst gegen Mittag zum Hausbesuch kommen will. Ginge das nicht früher? Mir geht es nämlich sehr schlecht.«

»Wir haben ein rappelvolles Wartezimmer. Können Sie mir ihre Beschwerden kurz am Telefon beschreiben? Dann kann ich bei Herrn Doktor Messmer nochmals nachfragen«, hakt die Arzthel-ferin geschult nach.

---

mitgenommen (polnisches Sprichwort). Bei uns würde man vielleicht *Undank ist der Welten Lohn* sagen.

»Herrgott! Mir ist hundeelend, mich plagt schlimmer Schwindel, mir brennt der Magen, außerdem drückt der Kopf und mein Blutdruck ist viel zu hoch!«, entlädt sich der Patient.

»Wie hoch haben Sie ihren Blutdruck zuletzt gemessen?« Frau Krieg bleibt höflich distanziert.

»135 zu 87.«

»Und der Puls?«

»86 Schläge pro Minute.«

»Regelmäßig?«

»Weitgehend ja.«

»Diese Werte gehen in Ordnung und erklären nicht wirklich ihre Kopfschmerzen und den Schwindel. Leiden Sie das erste Mal an diesen Beschwerden?«

»Äh … in der Summe … ja.« Arro Ganter wird langsam ungeduldig. Warum muss er sich die ganze Zeit mit dieser Sprechstundenhilfe unterhalten, wo er doch dringend *professionelle* Hilfe benötigt?

Die Arzthelferin wird konkreter: »Fieber?«

»Nein, aber …«

»Erbrechen oder Durchfall?«

»Auch nicht. Hören Sie …«

»Können Sie sich bewegen?«

»Wie meinen Sie das?«

»Können Sie noch allein aufs Klo und so, ohne zu stürzen?«

»Geht …«

»Ich gebe die Informationen an Herrn Doktor Messmer weiter und rufe sie dann zurück.«

Bevor der Patient etwas erwidern kann, ist die Leitung schon tot. Kurze Zeit später klingelt sein Handy. »Ganter …«

»Hier Frau Krieg nochmals. Der Doktor meint, Sie sollen sich mit erhöhtem Oberkörper ins Bett legen, die Beine etwas anziehen,

Kissen drunter und warten, bis er kommt. Es wird etwa 12:45 Uhr werden.« Ohne auf eine Antwort zu warten, legt sie auf.

Eiskalt abserviert. So kommt ihm das vor. Arro Ganter verzieht sich ins Bett. Er grübelt.

Besser hier warten, als bei Doktor Messmer, denkt er. Dort hatte er zuletzt suboptimale Erfahrungen gemacht. Nicht nur, weil die Wahrscheinlichkeit sich anzustecken im Wartezimmer um eine Zehnerpotenz steigt. Es passieren komische Dinge: Man ist – ganz unfreiwillig – komischen Dialogen ausgesetzt, welche komische Personen ungehemmt von sich geben.

Arro Ganter erinnert sich, wie er zur Darmkrebsvorsorge ging und erst einmal warten musste. Er saß mit einer jungen Dame, einem nach Urin riechenden Tattergreis, einem unaufhörlich Kaugummiblasen produzierenden Jugendlichen, einer Mutter mit zwei hustenden Rotzgören und einer Seniorin gemeinsam im nur 18 Quadratmeter messenden Raum. Um sich abzulenken, starrte er auf den Flachbildschirm gegenüber. Dort lief ein auf die hausärztlich-internistische Praxis ausgerichtetes Fernsehprogramm. Er bemerkte, dass die junge Frau neben ihm ebenso gebannt den Werbefilm verfolgte. Aktueller Titel: *M2-PK-Stuhltest*[27] *zur Darmkrebsfrüherkennung*. Untertitel: *Auf der sicheren Seite stehen*.

»So jung wie sie aussehen, brauchen sie diesen Test doch gar nicht.« Etwas Besseres für die Gesprächsinitiierung fiel Herrn Ganter gerade nicht ein.

Sie seufzte: »Oh doch. Ich bin familiär belastet, leider. Das hat der Gentest bestätigt.«

---

[27] Ein auf Messung des Enzyms *M2-PK* basierender Test soll Krebsvorstufen erkennen. Als Kassenleistung gelten der *Hämoccult-Test* (Test auf Blut im Stuhl) und die *Koloskopie* (Dickdarmspiegelung). Ob der M2-PK-Stuhltest im Vergleich zum Blutstuhltest besser ist, bleibt bislang ungewiss.

»Pardon! Ich ahnte nicht …«

»Schon gut. Der Darm ist nicht mein Freund.« Sie seufzte zum zweiten Mal.

»Darf ich fragen inwiefern …«

»Kennen Sie das Gefühl, wenn nur noch Schafkot kommt?«

»Sehr gut sogar!«

»Und leiden Sie unter Bauschmerzen, welche, einem Tsunami gleich, vom rechten in den linken Unterbauch gleiten?«

»Ich würde das bei mir eher als Gerölllawine bezeichnen. Ja, das trifft es besser.« Er überlegte, ob dieser Ausdruck der Richtige sei.

Bevor einer von beiden etwas sagen konnte, ließ ein Störgeräusch alle aufhorchen. Sieben Augenpaare waren auf den Bildschirm gerichtet. Nur der alte Mann blickte immer noch auf den Fußboden. Auf dem Flachbild erschien ein Piratenlogo mit der Aufschrift *United International Hackers*. Dann sah man eine Liveschaltung auf einen Futterbau aus Holz. Ein kleiner Igel krabbelte in den Bau. Er freute sich über den Futtertrog.

»Oh wie süß! Schau mal, Mama, Igel!« Eins der beiden Mädchen war sichtlich entzückt über das neue Fernsehprogramm.

Arro Ganter blickte griesgrämig drein. Das hatte kaum etwas mit Patienteninformation zu tun.

Eine Minute später erschien ein zweiter Igel. Er marschierte ebenfalls in den Bau. Zunächst schnupperten beide mit ihren nach vorn gestreckten Näschen aneinander. Mit einem Satz attackierte der größere Igel den Kleinen und fauchte ihn raus. Im selben Moment ging die Tür auf und Vera Krieg schritt zum Bildschirm und schaltete ihn aus.

»Entschuldigen Sie die Unannehmlichkeiten. Jemand hat sich wohl in unsere Praxissoftware gehackt. Herr Ganter, Sie nehme ich gleich mit.«

Der Angesprochene war froh, dass er dem Zimmer endlich entfliehen konnte. Dieses Igel[28]-TV hatte ihm den Rest gegeben.

***

Antonina klopft an der Tür. Von drinnen knurrt es mürrisch »Herein«.

»Herr Ganter, die Doktoren Messmer sind soeben eingetroffen.« Vater und Sohn betreten das Krankenzimmer, jeder bestückt mit einer Hausarzttasche. Doktor Karl Messmer ist seit über 20 Jah-

---

[28] *Igel* bezeichnet sowohl ein stachliges Säugetier als auch sogenannte *Individuelle Gesundheitsleistungen*, korrekt abgekürzt *IGeL*, um Verwechslungen mit dem gleichnamigen Tier vorzubeugen. Damit sind jene in Privatrechnung gestellte Leistungen gemeint, welche Patienten in Arztpraxen vorwiegend im Bereich Prävention/Krebsvorsorge angeboten werden. Der Nutzen der meisten IGeL bleibt unklar. Wir leben in einem Land, in dem notwendige, zweckmäßige und wirtschaftliche Leistungen von den Krankenversicherungen glücklicherweise übernommen werden.

ren niedergelassener Allgemeinarzt in der Stadt. Er kennt und betreut Arro Ganter mindestens genauso lange. Dieser Typ Patient gehört mit Abstand zu den schwierigsten, welche ihm in seiner Praxis bisher begegnet sind. Während seiner beruflichen Laufbahn hat er sich ein hartes Fell angeeignet, um auch mit Junkies und Psychopathen klarzukommen. Arro Ganter zählt zu den psychisch Kranken, die das selbst ganz anders sehen. Er ist überzeugt, dass die schlimme körperliche Krankheit von jedem Arzt grundsätzlich übersehen wird. Pro Quartal muss ihn Herr Doktor Messmer regelmäßig zu diversen Fachärzten überweisen, um ihm hinterher zu erklären, dass die Befunde an sich in Ordnung sind.

Der Hausarzt ist stolz, dass einer seiner beiden Söhne sich entschlossen hat Medizin zu studieren, nachdem er – wegen des schlechten Abiturs – erst einmal um die Welt reisen musste.

Thomas Messmer macht gerade Famulatur[29] bei seinem Vater. Dieser nimmt ihn jetzt zu jedem Hausbesuch mit. Die leichten Fälle, bei denen man lediglich nach dem Rechten sehen muss, überlässt er mittlerweile seiner fitten Arzthelferin Vera Krieg. Von ihrer Kompetenz haben wir uns vorhin bereits überzeugen können.

»Grüße Sie, Herr Ganter. Wie Sie sehen, kommen wir wieder zu zweit.« Herr Doktor Messmer reicht Arro Ganter die Hand.

Der Arztsohn nickt nur kurz und stellt seine Tasche ab.

»Wie Sie sehen können, brauche ich heute ihre volle Aufmerksamkeit!«, entgegnet der Patient.

»Dann hat sich seit dem letzten Mal nichts Wesentliches geändert?« Doktor Messmer lächelt.

»Oh doch! Ich mache mir Sorgen um mein Herz. Nach dieser schlechten Nacht spüre ich wieder vermehrt Herzstolpern. Mir

---

[29] Vorgeschriebenes Praktikum während des Medizinstudiums.

ist ständig schwindlig und der Blutdruck war in Ruhe viel höher als sonst.«

»Na dann schauen wir doch mal, wie hoch der Blutdruck jetzt ist … Thomas! Dein Part!«, fordert der Vater den Sohn auf.

Der angehende Arzt kramt aus seiner Tasche die Blutdruckmanschette und Stethoskop hervor und nähert sich dem Patienten.

Thomas studiert im 8. Semester Humanmedizin. Irgendwie wusste er nicht so recht, welchen beruflichen Weg er nach der Gymnasialzeit einschlagen sollte. Nachdem der ältere Bruder Richard mit dem Jurastudium angefangen hatte, dachte er, dass einer die väterliche Praxis übernehmen müsste. Er schlängelt sich irgendwie durchs Studium. Zurzeit gefällt es ihm, wie ihn die Patienten seines Vaters respektvoll aufnehmen. Das erlebt er ansonsten nicht unbedingt, vor allem nicht in der Frauenwelt. Der junge Student ist eher ruhig, zurückgezogen und beobachtet gerne. Ihm war daher nicht entgangen, dass am Wäscheständer im Innenhof, teure schwarze Dessous mit französischer Spitze zum Trocknen hingen.

Thomas beugt sich vor und legt etwas unbeholfen die Manschette um Arro Ganters Oberarm. Dieser sitzt – wie fast immer – in seinem Ohrensessel. Dann schiebt er den Stethoskopkopf in Richtung Arterie.

Genau wie er es im Untersuchungskurs gelernt hat, pumpt er die Manschette auf und fühlt dabei gleichzeitig den Radialispuls[30] am linken Handgelenk. Als dieser nicht mehr zu spüren ist, pumpt er noch kurz nach und lässt dann vorsichtig die Luft ab.

»130 zu … 80« Er blickt auf seine Armbanduhr »Puls liegt bei 72 pro Minute, regelmäßige Herzaktion.«

---

[30] Puls der daumenseitigen Ader (Lateinisch: Arteria radialis).

»Gut gemacht! Das sind wunderbare Werte!« Doktor Messmer klingt zufrieden.

»Und warum fühle ich mich dann nicht gut?« Der Patient bleibt hartnäckig.

»Herr Ganter, wenn ihr Blutdruck immer gleich bleiben würde, anstelle im Tagesverlauf seiner natürlichen Normalverteilung zu folgen – dann würde ich mir ernsthaft Sorgen machen.«

Thomas will sich am Gespräch beteiligen: »Wann gingen die Beschwerden denn los?«

»Seit gestern ist es schlimmer.«

»War etwas Besonderes gestern, vielleicht etwas, das Sie belastet hat?« Der Arztsohn will es genauer wissen. Er hat im vergangenen Semester Vorlesungen der psychosomatischen Medizin besucht. Ganzheitliches Denken zeichnet einen guten Arzt aus …

Arro Ganter zögert.

Antonina, welche während der ganzen Zeit neben der Zimmertür stand, hilft bereitwillig aus: »Er hat seinen zukünftigen Schwiegersohn kennengelernt und überraschend erfahren, dass er Großvater wird.«

»Könnte durchaus unspezifischen Schwindel und die auf das Herz projizierten Angstsymptome erklären, nicht?« Thomas dreht sich zu seinem Vater um. Dessen Augen nicken.

»Ich hatte aber schon vorher vermehrt Schwindel. Außerdem ist mein Magen-Darm-System nicht in Ordnung. Was meinen Sie denn zu dem Stuhlgangfoto, das ich Ihnen gemailt hatte?« Arro Ganter fühlt sich bislang nicht richtig verstanden.

»Ah ja, das Foto … haben Sie vielleicht viel grünes Gemüse, insbesondere Spinat gegessen?«

»Ich esse immer viel Obst und Gemüse!«

»Tak! Es gab am Vortag jede Menge Spinat vom Markt«, ergänzt Antonina.

»Das könnte durchaus eine Erklärung für die grünliche Farbe sein.«

»Mehr nicht? Sie wissen doch, dass ich familiär mit Darmkrebs belastet bin!«

»Sie meinen, seitens ihrer Eltern oder Geschwister?«, fragt Thomas Messmer neugierig nach.

»Nein, seitens meiner Frau!«

»Aha …« Thomas begreift allmählich, dass Herr Ganter ein komplizierter Patient zu sein scheint. Irgendwie wundert es ihn. Er kennt Angelina von der Parallelklasse derselben Schule und fand sie nicht nur attraktiv, sondern auch äußerst sympathisch. Leider hat sie ihn immer ignoriert.

Der Senior-Doc blättert in der elektronischen Patientenakte auf seinem Tablet: »Herr Ganter, ihre Blutwerte waren in jedem Quartal stabil. Das letzte Langzeit-EKG ist gerade zwei Monate her und war stets in Ordnung. Auch die Magen-Darm-Spiegelung vor vier Monaten ließ keine Blutungsquelle erkennen und schloss einen nennenswerten Rückfluss der Magensäure in die Speiseröhre aus. Wegen des Schwindels habe ich sie schon zum HNO-Arzt und Neurologen geschickt. Die haben keine Erkrankung feststellen können und die Symptomatik – genau wie ich – als gutartig bewertet.«

»Aber es kann sich zwischenzeitlich viel verändert haben! Ich fühle mich schlapp und kraftlos!«, zweifelt Arro Ganter die Schlussfolgerungen seines Hausarztes an.

Doktor Messmer holt tief Luft. Er überlegt kurz und sagt dann zu seinem Sohn: »Also gut, Thomas. Hol' ein Serum- und ED-TA-Röhrchen aus der Tasche und nimm' Herrn Ganter Blut ab. Wir kontrollieren dieses Mal eben die Leber- und Pankreasenzyme[31].«

---

[31] Pankreas (aus dem Griechischen) = Bauchspeicheldrüse.

Der eingebildete Kranke lehnt sich zurück und fühlt sich das erste Mal am heutigen Tag ernst genommen.

Wieder nähert sich Thomas dem Patienten, diesmal mit dem Blutabnahmeset in der Hand. Er legt den Stauschlauch um den linken Oberarm und tastet nach einer guten Vene. Arro Ganter hat hervorstechende Adern. Nicht ungewöhnlich bei seinem asketischen Körperbau. Dummerweise rutschen die prall gefüllten Venen auf der Bindegewebsunterlage hin und her. Der Arztsohn zögert ein wenig, bevor er zusticht. Das Blutgefäß rollt neben die Nadel. Es kommt keine rote Flüssigkeit. Thomas versucht mit der Nadel die abtrünnige Vene doch noch seitlich zu treffen und sticht durch sie durch bis tief in den Muskel.

»Autsch!«, flucht der Patient und zieht den Arm weg.

Vor Schreck verlässt die Nadel das Gewebe. Jetzt läuft ordentlich Blut heraus. Thomas tupft und tupft, seine Finger sind verschmiert. Hätte er doch lieber Handschuhe angezogen.

»Das müssen sie noch mal üben, junger Mann!«, beschwert sich Arro Ganter.

Doktor Messmer übernimmt die Regie und zeigt seinem Sohn, wie man Rollvenen fachmännisch in den Griff bekommt. Ruckzuck sind die zwei Röhrchen gefüllt.

Antonina zupft an Thomas Arm und führt ihn raus. Der junge Student soll gefälligst seine Hände waschen gehen, bevor er auf die Idee kommt, im Haus etwas anzurühren.

»Ich maile Ihnen die Ergebnisse dann wie gehabt zu. Trinken Sie ausreichend und meiden Sie Alkohol, Fettes, stark Gewürztes sowie Geräuchertes«, ermahnt der Doktor seinen Patienten.

Beim Wort *Alkohol* fühlt sich Arro Ganter ertappt. Er schweigt.

Der Hausarzt packt die Taschen zusammen und verabschiedet sich. Er hat noch zwei weitere Besuche auf seiner Liste stehen.

***

Antonina hat Thomas Messmer zum Badezimmer geführt. Während er sich die Hände säubert, blickt er sich um. Seine Augen bleiben am Flacon *La vie est belle* hängen. Er seufzt.

Als er die Tür hinter sich schließt, öffnet sich nebenan eine andere. Angelina tritt heraus. Sie dachte, Antonina wäre auf dem Flur. Beide Studenten schauen sich verlegen in die Augen.

»Hi …« Mehr bekommt der Mediziner nicht heraus.

»Hallo Thomas! Warst du gerade bei meinem Vater? Er hat nichts Schlimmes, oder?«

»Nee, nichts wirklich Schlimmes … Stimmt es, dass du bald heiratest, weil du Nachwuchs bekommst?«

Angelina ist überrascht. *Woher weiß er das?* »Äh … also … ich heirate. Aber nicht, weil Nachwuchs unterwegs ist, wie die halbe Welt scheinbar schon weiß …«

»Gratuliere!«

»Und du? Was machst du so neben deiner Famulatur bei deinem Vater?«

»Ich will nächstes Semester nach Oxford gehen, vielleicht ein oder zwei Auslandssemester dranhängen. Die Briten lehren evidenzbasierte[32] Medizin.«

Antonina ruft dazwischen: »Wo bleibt denn der junge Herr? Ihr Vater wäre so weit …«

»Ich muss wohl …«

---

[32] Leitet sich vom Englischen *evidence* = Beleg, Beweis, Aussage ab; gemeint ist eine medizinische Versorgung, bei welcher sorgfältiges Abwägen und Handeln auf Grundlage von Ergebnissen möglichst hochwertiger wissenschaftlicher Studien und systematisch zusammengetragener individueller klinischer Erfahrungen maßgebend ist (also die gegenwärtig bestmögliche empirische Evidenz).

»Verstehe … na dann viel Erfolg!« Angelina blickt ihm nach. Eigentlich findet sie Thomas gar nicht unsympathisch.

***

»Und, alles okay, Paps?« Angelina schaut bei ihrem Vater vorbei. Ihr hat es gestern wehgetan, wie die Familie im Streit auseinandergegangen ist.

Arro Ganter erwidert nichts.

»Ich habe vorhin Thomas Messmer auf dem Flur getroffen. Der geht nächstes Semester nach Oxford studieren …«

Er schaut seine Tochter wehmütig an. »Das hätte dir vielleicht auch gut getan. Aber du wolltest dich lieber viel zu früh ans Familienleben binden.«

»Hast du schon vergessen? Ich war auch unterwegs, als Mama mitten im Studium war! Ich schaffe das!«

Es klopft an der Tür. Bella kommt herein und verzieht das Gesicht, als sie Vater und Tochter vereint sieht. »Ach Schnuppelchen! Ich wollte bloß fragen, ob du nach dem Hausbesuch vielleicht etwas brauchst?«, fragt sie scheinheilig.

»Nein, mein Schatz. Im Moment brauche ich nur Ruhe. Das ist alles.«

»Dann solltest du ebenfalls das Zimmer verlassen, Angelina.«

»Du hast mit gar nichts vorzuschreiben!«

»Heee, Mäuschen …«, versucht Arro Ganter seine Tochter zu besänftigen.

»Aber hallo! Ist das nicht ein bisschen gewagt, so mit mir zu reden, undankbares Ding? Du hockst deinem Vater finanziell weitaus länger auf der Tasche als geplant. Nur weil ihr jungen

Leute das mit der Verhütung nicht geblickt habt!« Bella Bitsch geht in Kampfstellung.

»Das sagt genau die Richtige! Und? War Luisa denn geplant? Du bist um jede Minute froh, in der du dich nicht um sie kümmern musst! Was wärst du ohne Antonina? Die holt die Kleine schon wieder aus dem Kindergarten ab«, kontert Angelina.

»Haaalt! Es reicht! Könnt ihr nicht ein wenig Rücksicht auf meine Gesundheit nehmen? Wie soll ich bei diesem familiären Durcheinander denn jemals wieder gesund werden?« Er wendet sich Angelina zu. »Und du, Tochter, kannst auch mal an deine Umwelt denken! Überleg' doch, in welche Situation du dich begeben hast. Du solltest wirklich nach Oxford gehen, anstelle Hausfrau zu spielen und fortan im asozialen Milieu zu leben!«

»Wie bitte? Kein Problem! Ich gehe. Mit dieser Frau an deiner Seite möchte ich dich sowieso nicht mehr sehen!« Angelina verlässt das Zimmer.

»Schnuppelchen! Lass' sie ziehen, ich richte das wieder«, würgt Bella die Antwort ihres Mannes ab und setzt affektiert fort: »Jetzt bin ich richtig wütend, sodass ich in die Stadt gehen muss, Dampf ablassen!«

Arro Ganter bleibt allein zurück. Resigniert verkriecht er sich ins Bett und beißt in sein Kissen.

Kapitel 8: Schallach

Antonina biegt mit dem Fahrrad in den Lindenweg ein. Sie will Luisa vom Kindergarten abholen. Das Mädchen ist vier Jahre alt, das Nesthäkchen der Familie. Sie ist ein sehr aufgewecktes Kleinkind, kämpft aber noch mit einem kleinen Aussprachefehler: Anstelle des R spricht sie die Wörter häufig mit L, vor allem, wenn ein Konsonant folgt. Dieser Makel stört Arro Ganter jedes Mal, wenn er sich mit seiner jüngeren Tochter unterhält. Spätestens bis zur Grundschule sollte sie einwandfrei sprechen können. Seit drei Monaten geht Luisa zweimal wöchentlich zur Logopädin.

Die Kindergartenkinder toben draußen auf dem Spielplatz, bis sie eines nach dem anderen abgeholt werden. Als Luisa das Aupair sieht, stürmt sie ihr sofort entgegen:

»Nina, Nina ich muss dir was zeigen!«, strahlt sie. Sie rennt zu ihrem Rucksack, auf welchem etwas selbst Gebasteltes und darunter ein Zettel liegen.

»Was ist das?«, fragt Antonina.

»Ein indianischer Traumfänger.«

»Aha! Und wofür brauchst du den?«

»Der ist nicht für mich, der ist für Papa«, antwortet die Kleine stolz. »Und der Zettel ist auch für Papa.«

Antonina faltet das Papier auf: *Vater-Kind-Aktion am Fischweiher. Au weia*, denkt sie. Bevor sie etwas erwidert, ist schon Frau Meier zur Stelle, die Leiterin der *Maikäfergruppe*.

»Hallo Frau Nachalny, bitte sagen Sie Herrn Ganter, dass er sich am Samstagnachmittag in zwei Wochen wirklich mal Zeit nehmen sollte. Wir haben gerade das Motto *Indianer* im gesamten Kindergarten und konnten für die Aktion sogar Martin Zaunkönig, den bekannten Sozialpädagogen von Nanny-TV und Befürworter der *begeisterten Vaterschaft* gewinnen. Er wird mit den

Papas und Kindern Pfeil und Bogen basteln und allen Indianerangeln beibringen.« Frau Meier strahlt vom linken zum rechten Ohr. Antonina denkt im Stillen doppelt *Au weia*, lächelt zurück und greift nach Luisas Hand. Dann setzt sie das Mädchen in den Fahrradanhänger.

Während des Rückwegs grübelt sie: *Wieso bin ich eigentlich in keiner normalen deutschen Familie gelandet?*

***

Beim Mittagstisch bleiben zwei Stühle leer: Arro Ganter musste sich nach dem Hausbesuch mit nachfolgendem Frauenstreitgespräch wieder hinlegen. Er hat Schlaf nachzuholen oder benötigt wieder Schlaf – eins von beidem. Bella Bitsch tobt sich beim Shoppen in der Stadt aus und trifft sich mit ihrem Freund, dem Herrn Gutknecht zum Essen.

Als spontaner Gast der Familie hat sich Clou dazugesellt. Luisa berichtet stolz vom Vormittag im Kindergarten.

»Guckt mal! Den hab' ich für Papa gebastelt. Kann er sich übers Bett hängen. Dann welden die guten Träume aufgefangen. Die schlechten Träume huschen dulch die Löcher hindulch.«

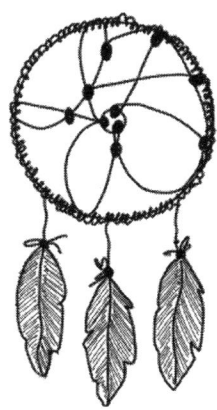

»Soll ich dir einen Haken da dran machen? Dann kannst du den Traumfänger ganz einfach am Bett befestigen«, bietet sich Clou an.

»Supiii!« Luisa strahlt. Sie hat Clou sofort in ihr Herz geschlossen. Antonina holt Draht, aus welchem der junge Pfleger einen kleinen Haken formt.

Als Luisa loszieht, seufzt Angelina auf: »Ich bezweifle, dass sich mein Vater drauf einlässt … der geht höchstens noch für Arztbesuche aus dem Haus.«

***

Luisa steht auf Zehenspitzen und drückt vorsichtig die Türklinke hinunter. Sie tapst leise in den Raum. Dieser wird abwechselnd von Sägewerkschnarchen und Blasebalgschnaufen ausgefüllt.

Ups! Papa schläft, denkt das Mädchen. Sie schleicht sich wie ein kleiner Indianer an das Kopfende heran. Dann steht sie wieder so hoch sie kann auf ihre Zehen. Das kleine Ärmchen streckt den Haken voraus. Mist! Es fehlen nur wenige Zentimeter bis zum Bettgitter. Luisa versucht es nochmals, sie beugt sich ein wenig vor.

Da ertönt ein unerwartetes Crescendo aus Arro Ganters Mund, sodass sie den Traumfänger vor Schreck fallen lässt. Er landet direkt auf seinem Gesicht.

Die Augen springen auf, ein Schrei ertönt: »Aiiih!«

»Entschuldigung, Papa!«

»Was machst du denn da? Und was ist das hier?« Arro Ganter hebt den Traumfänger in die Höhe.

Etwas kratzt kurz an seinem Rücken. Der zehn Zentimeter große Ring ist mit rosa Wolle umwickelt. Im Inneren ist ein Wollnetz mit lilafarbenen Glitzerperlen – ohne erkennbares Muster – gespannt. Am unteren Ende baumeln drei kleine Schnüre mit braun gestreiften Federn daran. An der oberen Schnur ist ein selbst gemachter Haken befestigt.

»Das ist ein indianischer Traumfänger für dich!«

Ein skeptischer Blick betrachtet das Werk von oben bis unten.

»So, so! Das machst du gerade im Kindergarten?«

»Ja! Und wir hören jeden Tag tolle Indianergeschichten. Hier!«, Luisa zieht den Aktionszettel aus der Rocktasche. »Da musst du unbedingt mit mir hin.«

Arro Ganter greift nach seiner Lesebrille. Während er die Einladung zum gemeinsamen Vater-Kind-Nachmittag durchliest, hüpft Luisa aufs Bett und schmiegt sich bei ihrem Vater an. Ihm wird ganz unwohl.

»Luisa-Schätzchen! Ich weiß nicht, ob ich mit dir dort hingehen kann. Weißt du, Papa ist krank und muss sich viel erholen.«

»Aber bis dahin bist du wieder gesund?«

Arro Ganter kann den Augenaufschlag seiner Jüngsten nur schwer ertragen.

»Naja ... wie soll ich dir das erklären ...«

»Hast du auch Schallach[33]?«

»Du meinst Scharrrlach?!«, korrigiert der Vater.

»Frau Meier hatte Schallach. Sie hat Penselin genommen. Nach zwei Wochen war sie wieder gesund.«

»Das heißt *Penicillin*, mein Kind! Nein, ich habe kein Scharlach. Das ist bei mir viel komplizierter ...«

»Erzählst du mir eine Geschichte?«

»Mir fällt keine ein. Kannst du nicht mit Antonina zum Spielplatz gehen?«

---

[33] Eigentlich *Scharlach*: hochfieberhafte Streptokokkeninfektion mit schmerzhaft geschwollenen Mandeln (Scharlach-Angina) und einem flüchtigen Hautausschlag, welche antibiotisch z. B. mit *Penicillin V* behandelt wird.

»Och Männo! Der Clou kann toll Geschichten elzählen.«

»Wer?«

»Clou.«

»Wer soll das sein?«

»Der Mann von Angelina.«

Arro Ganter bekommt einen Hustenanfall: *Clou* alias Georg Kluny! »Was? Du kennst diesen Bastard schon?«

»Was ist ein Bastald, Papa?«

»Äh … vergiss das wieder! Was hat er dir erzählt?«

»Ganz viel! Die Geschichte vom kleinen Raben und dem Fuchs, das Märchen von der Prinzessin Luisa von Ganterstein …«

Himmel! Dieser Pfleger hat sich hinter seinem Rücken in das Herz der Familie eingeschlichen!

Kapitel 9: Ein echter Kerl

Bero[34] Ganter klingelt an der Tür. Nach kurzer Zeit öffnet ihm Antonina.

»Guten Tag, junge Frau!« Er blickt sie genauer an: »Sie werden von Mal zu Mal hübscher!«

»Schön, dass sie vorbeikommen. Ich glaube, ihr Bruder braucht dringend familiären Beistand.«

»Ist er immer noch depressiv?«

»Schlimmer geht immer! Er hat gestern erfahren, dass Angelina ihren Freund, einen Altenpfleger, heiraten will. Er ist dagegen. Nachwuchs ist auch unterwegs!«

»Immer was los im Haus Ganter! Da ist man einmal kurz in Südafrika …«, wundert er sich. Er hatte seinen Bruder zuletzt vor vier Wochen besucht. »Um Angelina mache ich mir keine Sorgen. Aber ich muss mir tatsächlich etwas überlegen, wie ich Arro umstimmen könnte …«

»Nicht nötig! Wir haben uns schon was Verrücktes ausgedacht. Die Vorbereitungen laufen auf Hochtouren. Lassen sie uns nur machen!«, grinst das Au-pair.

Arro Ganters Bruder betritt den Innenhof. Er spricht Antonina ein paar Komplimente wegen der Bepflanzung aus, bevor er die Treppe in den ersten Stock hochsteigt.

Nach kraftvollem Anklopfen betritt er das Krankenzimmer. »Na, Bruder! Wie geht es dir denn so?«

»Miserabel!«

»Warum das?«

---

[34] Sehr alter deutscher Vorname, Kurzform der Vornamen mit *Bern-* , z. B. *Bernhard*. Ursprünglich aus dem Lateinischen, bedeutet *Bär*. So muss man sich Bero Ganter vorstellen …

»Ich bin am Nullpunkt meines Lebens angelangt!«, jammert Arro Ganter.

»Was ist passiert?«

»Ach, hier macht jeder, wie er grad lustig ist! Angelina hat sich einen komischen Typ als Mann ausgesucht, der sie an den Rand des sozialen Abgrunds führen wird. Kinder zeugen kann er ja. Und ich bemühe mich, immerfort gesund zu werden.« Arro Ganter seufzt: »Sag mir, wie soll das gehen, wenn keiner die tatsächliche Erkrankung findet, an der ich leide?«

«Wieso glaubst du, dass Mediziner und Möchtegerntherapeuten wie Frau Schaman dein Leben verbessern könnten? Bisher haben die nur gut an dir verdient. Und dein *Body Checking*[35] macht dich auch nicht gesünder! Lässt du dir weiterhin von deinem *Didschitl Doc*[36] vorschreiben, wie hoch dein Blutdruck zu sein hat?« Bero greift nach dem Arm seines Bruders. »Werde endlich dein eigener Herr! Folge deinen Instinkten!« Nach kurzer Pause fährt er fort: »Wie wäre es mit einer Adrenalin-Selbsttherapie?«

»Ein Adrenalinstoß kann helfen?«

»Absolut! Schau' mal, druckfrisch!«

Arro Ganter bekommt eine Hochglanzbroschüre unter die Nase geschoben. Titel: *Bero Events 2016*. Untertitel: *Neu! Bungee-Jumping aus 216 Meter Höhe von Afrikas höchster Brücke*.

Bero Ganter ist der ältere Bruder. Er ist athletisch gebaut und groß gewachsen. Nachdem er mit seiner Reinigungsfirma insolvent wurde, wagte er vor zwei Jahren den Sprung in ein anderes

---

[35] Englischer Begriff für *Körperüberprüfung*. Gemeint ist hier die übertriebene Körperwahrnehmung und –kontrolle (häufig im Zusammenhang mit Patienten mit Essstörungen oder somatoformen Störungen).

[36] *Digital* auf Englisch mit schwäbischem Akzent. Diese spezielle Form des britischen Dialekts hat sich im EU-Kommissariat für digitale Wirtschaft und Gesellschaft erfolgreich durchgesetzt.

Geschäft. Er organisiert in immer größerem Stil Erlebnisse, die den ultimativen Kick versprechen. Sein Motto: *Spüre dein wahres Ich an deinen Grenzen!*

Der Abenteurer stupst den Zweifler an: »Hey, du bist schlank und drahtig! Eine bessere Konstitution kann man für Bungee-Jumping nicht haben!«

»Bungee… was? Du spinnst wohl! Mir reicht es schon, nachts unfreiwillig in die Tiefe zu stürzen, da muss ich nicht noch tagsüber Kamikaze spielen!«

»Sag bloß, du leidest an Fallträumen? Dann ist ein Flugerlebnis genau das Richtige! Es ist an der Zeit, deine Urängste zu überwinden! Schrei es raus!«

»Ich bin zu schwach …«

»Quatsch! Das redest du dir ein! Der Beweis des Gegenteils ist folgender: Du schluckst seit Monaten einen bunten Medikamentencocktail, befolgst Ratschläge von Dutzenden Ärzten, Heilpraktikern, Doktor Web und Co. und Tatütata: Du lebst immer noch!« Bero klopft ihm auf die Schulter.

»Sehr witzig, Bruder. Diese Maßnahmen halten mich schließlich am Leben! Professor Gsundspeck meint auch, dass ich ohne die Psychopharmaka längst verzweifelt wäre …«

»Klar doch! Wenn du nicht achtgibst, befördern dich die Pillen noch ins Jenseits!«

Arro Ganter hält inne, dann fährt er fort: »Du bist sechs Jahre älter als ich. Nimmst du denn gar nichts ein?«

»Nein, das brauche ich nicht.«

»Auch noch keine Arznei gegen Prostatavergrößerung und Potenzstörungen?«

»Ich pinkle so kräftig wie eh und je! Ganz ehrlich, mein kleiner Freund steht wie 'ne Eins, wenn er das soll«, prahlt Bero.

»Keine Lesebrille?«

Zeige- und Mittelfinger weisen Richtung Gesicht: »Adleraugen!«

Arro Ganter seufzt: »Auch nicht ein klein wenig morgendliche Antriebslosigkeit?«

»Quatsch! Jeder Tag ist ein Geschenk! Die Natur hält alles bereit, was ich für meine Gesundheit brauche!«

»Die Natur hat Grenzen! Medizin bedeutet Fortschritt!«

»Fortschritt? Schau' dir das Ergebnis doch an! Gegenüber dem letzten Besuch kann ich keine nennenswerte Besserung an deinem Zustand feststellen. Wenn die Psychopharmaka dieser Welt erfolgreich wären, müssten die psychisch Kranken mittlerweile doch alle gesund sein, anstatt immer mehr zu werden?« Bero blickt seinen Bruder von unten bis oben an. »Du erinnerst mich an eine der Figuren aus diesen molièrschen Komödien …«

»Molière? Nicht mein Fall!« Arro Ganter fühlt sich tief getroffen.

»Ein kluger Mann! Das war damals nicht wesentlich anders als heute. Die Ärzte fühlen sich unter dem wissenschaftlichen Deckmantel heute schlauer, übersehen aber in ihrer Arroganz, wie oft sie die Leute zum Weinen bringen! Ich finde, man darf manchmal über sie lachen! Außerdem gibt es genügend Berichte über getürkte klinische Studien …«

»Du bist respektlos, Bruder!«

»Wie du meinst! Wir werden wohl auf keinen gemeinsamen Nenner kommen. Tu mir wenigstens einen Gefallen: Lass' Angelina in Ruhe ihren Pfleger heiraten und steh' dem jungen Familienglück nicht weiter im Weg.«

»Im Weg? Ich befinde mich längst im Abseits!«

***

Nachdem Bero hinausgegangen ist, setzt sich Arro Ganter mit seinem Tablet in Tante Ellis Sessel. Er trägt die soeben gemessenen Daten in seine Gesundheits-App ein: Puls 86 pro Minute, Blutdruck 149/88 mmHg, Blutzucker 91 mg/dl. Er tippt auf *Darstellung des Blutdruckverlaufes*. Was für ein Auf und Ab! *Didschitl Doc* meldet sich mit einem Dialogfenster: *Vorsicht! Dein Blutdruck ist erhöht! Nimm' dir Zeit zum Relaxen und kontrolliere später noch einmal deinen Wert!* Arro Ganter fühlt ein Stechen in seiner Herzgegend. Das Gespräch unter Brüdern hat ihn gestresst.

Er schließt die Augen und versucht sich zu entspannen, aber es klappt ganz und gar nicht. Arro Ganter blickt wieder auf, nimmt erneut sein Tablet in die Hand, dann ruft er die Website seines Bruders auf. Er entdeckt den frisch gedrehten Selfie-Clip aus Südafrika. Bero springt mit Tarzangebrüll von der *Bloukrans Bridge* in die Tiefe. *Dieser eingebildete Adrenalinjunkie!*, denkt er.

Ihn überkommt Ärger, als er bemerkt, dass er neidisch ist. War das nicht immer so? Als sie klein waren, hat Bero ohne zu zögern eine Mutprobe nach der anderen bestanden. Arro war gleich an seiner ersten gescheitert. Er wollte genauso wie sein großer cooler Bruder der Nachbarsbande angehören. Seine Aufgabe lautete: *Schleich' dich über den Weidezaun und reite mindestens zehn Sekunden lang auf dem Schafsbock.*

Über den Zaun zu klettern hatte er geschafft. Sich von hinten an den Bock anzuschleichen – kein Problem. Als er versuchte, auf das Tier zu springen und sich an der Wolle festzuhalten, plumpste er binnen einer Sekunde herunter. Dumm, dass das männliche Herdentier gleich kehrt machte. Arro rannte, der Bock hinterher und beim Versuch über den Zaun zu hechten, rammten die Hörner seinen Allerwertesten. Er flog über die Eingrenzung kopfüber direkt in den Dreck. Unglücklicherweise kam da grade der Bauer um die Ecke und zog ihn an seinem rechten Ohr den ganzen Weg bis zu seinen Eltern. Dort bekam er eine Tracht Prügel obendrauf. Die anderen Jungs hatten sich längst aus dem Staub gemacht. Keiner wollte auf das Weichei warten.

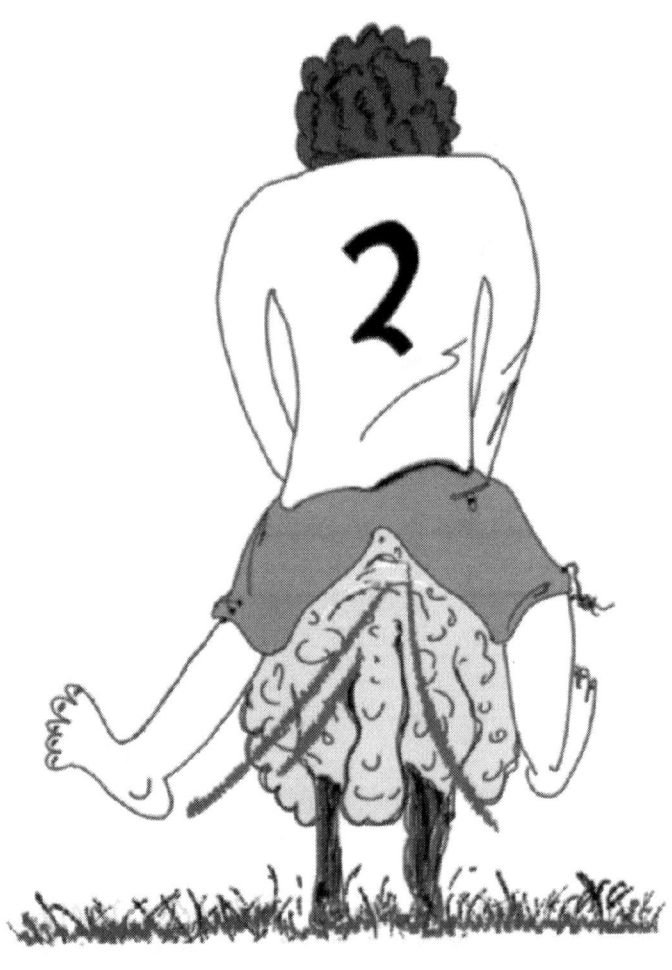

Beim Bungeespringen wäre das bestimmt ähnlich. Er käme zwar die Absprungplattform hoch und der Sprung nach unten wäre bis auf panikartiges Geschrei noch ohne besondere Vorkommnisse. Bei ihm würde das Seil jedoch bestimmt reißen …

Der Geist ist nicht willig und das Fleisch ist schwach. Verdammt!

Kapitel 10: Gute Medizin, schlechte Medizin?

Arro Ganter macht sich wegen seiner Herzkreislaufschwankungen weiter Sorgen. Er hat das Gefühl, dass ihn Doktor Messmer in dieser Sache nicht ausreichend ernst nimmt.

Jetzt erst einmal Zähne zusammenbeißen. Mit einer ruckartigen Bewegung zieht er das Pflaster von der linken Ellenbeuge ab. Die stümperhafte Blutabnahme hat ihm einen ordentlichen blauen Fleck beschert.

Pling!

Arro Ganter wird aus seinen negativen Gedanken herausgerissen. Seine Heilpraktikerin hat ihm per SMS mitgeteilt, dass sie nachmittags vorbeikommen kann. Das trifft sich gut. Arro Ganter will noch die offenen Posten der letzten Rechnung mit ihr klären. Er antwortet: *Ich erwarte Sie!*

***

Annette Schaman betritt den Raum. Sie ist eine kleinwüchsige, etwas untersetzte Frau um die 60. Die Therapeutin trägt einen Pagenkopf, die Haare sind vollständig ergraut. Der Seitenscheitel und die kantige Brille verleihen ihr Seriosität. Nach jahrzehntelanger Tätigkeit als Heilpraktikerin verfügt sie über viel Erfahrung bezüglich alternativmedizinischer Behandlungen. Einiges hat sie selbst wieder über Bord geworfen, zum Beispiel Irisdiagnostik[37] – sie konnte letztlich keine Übereinstimmung mit den

---

[37] Durch Begutachten von Aussehen, Farbe und Veränderungen der Iris (Regenbogenhaut am Auge) wollen Therapeuten auf den Gesundheitszustand des Patienten schließen. Die Interpretation schwankt deutlich von Behandler zu Behandler (hohe Fehlerquote); wissenschaftlich ist was anderes!

Erkrankungen ihrer Patienten feststellen. Anderes begleitet sie mit hundertprozentiger Verlässlichkeit durch ihr Berufsleben, so die Klassiker der ausleitenden Verfahren wie trockenes und blutiges Schröpfen[38]. Schließlich steht sie auch neuen Therapien offen gegenüber. Im Zeitalter der vielen hyperaktiven, bipolar gestörten und autistischen Kinder praktiziert sie seit einiger Zeit Familienstellen[39]. Wie gerne würde sie eine Aufstellung mit der Familie Ganter durchführen. Frau Schaman hatte es dem Hausherrn auch angeboten. Der wies es mit der Begründung »So ein Firlefanz!« ab.

»Wie geht es ihnen, Herr Ganter?«

»Wissen Sie was? Ich kann diese Frage nicht mehr hören. Es glaubt mir sowieso keiner, dass ich mich schlecht fühle!«

»Mmmh … Was belastet Sie denn am meisten?«

»Mein Herz! Unverhofft gibt es Phasen, in denen es rast oder stolpert. Manchmal spüre ich ein Stechen im linken Brustkorb und mir wird übel. Ich bin mir sicher, dass ich demnächst einen Herzinfarkt erleide, mein Blutdruck ist ständig zu hoch!«

»In welchen Situationen treten die Symptome auf?«

»Zuletzt ganz stark am frühen Morgen. Außerdem immer dann, wenn die Familie verrücktspielt. Das ist gerade dauerhaft der Fall.«

---

[38] Reflextherapie, welche die Weltgeschichte schon lange kennt – mit den besten Grüßen aus Mesopotamien. Durch die Hautreize sollen Nervenimpulse an die dazugehörigen Endorgane weitergeleitet werden und dort den Heilprozess anregen. Bei der Schröpfmassage wird die Haut zuvor eingeölt (hat verstärkenden Effekt). Beim blutigen Schröpfen wird die Haut vor dem Aufsetzen des Glases eingeritzt. So sollen Giftstoffe ausgeleitet werden. Umgangssprachlich bedeutet *schröpfen* jemanden ausnehmen.

[39] Therapeutisches Verfahren, bei dem die anwesenden Personen *stellvertretend* für ein bestimmtes Familienmitglied in einer bestimmten Lagebeziehung im Raum angeordnet, d. h. *gestellt* werden, um etwas über seelisch krankmachende Prozesse in einem Familiensystem zu erfahren. Begründer und Entwickler ist Bert Hellinger.

»Hat Sie Ihr Hausarzt mal zum Kardiologen geschickt?«

»Ja, aber der findet nie etwas«, antwortet der Patient missmutig.

»Also gut. Ich kann Ihnen helfen. Können Sie sich aufs Bett legen?«

»Wie meinen Sie das?« Arro Ganter ist etwas irritiert. Das körperliche Erscheinungsbild seiner Heilpraktikerin ist gar nicht sein Fall. *Die könnte sich wenigstens eine flottere Frisur aneignen und die Haare färben,* denkt er. Das schätzt er an seiner Bella. Die versteht es, das Beste aus sich herauszuholen. Sein Schätzchen würde nie auf den Gedanken kommen, in Ökoklamotten und Birkenstock-Latschen herumzulaufen.

»Ich möchte einen körperlichen Befund erheben. Bitte legen Sie sich auf den Bauch«, weist ihn Frau Schaman bestimmt an.

Sie tastet den Rücken ab: »Hier sind mehrere Verhärtungen.«

Arro Ganter schmerzt es oberhalb und unterhalb seines linken Schulterblattes.

»Trockenes Schröpfen könnte Ihrem psorischen Miasma[40] entgegenwirken, genau wie die Nux vomica Kügelchen …«

»Apropos!«, er dreht sich zu ihr um, »darüber wollte ich ja mit ihnen sprechen. Ich finde nicht, dass ich Ähnlichkeiten mit den Charaktereigenschaften der Brechnuss habe! Daher habe ich die Globuli gar nicht eingenommen. Und ich bezahle sie nicht!«

Frau Schaman blickt Arro Ganter sehr kritisch an. Ihre Augen funkeln. »Glauben Sie ernsthaft, Ihr oberflächliches Internetstudium ersetzt meine jahrzehntelange Erfahrung? Meinen Sie,

---

[40] Die homöopathische Miasmenlehre ist kompliziert und knifflig. Kurz erklärt meint die *Psora* oder *psorisches Miasma* eine chronische Verstimmung der Lebenskraft, welche durch Unterdrückung eines Hautausschlages ausgelöst wurde (z. B. durch Kortison) und allein nicht ausheilen kann. Da muss man schon sein homöopathisches Konstitutionsmittel einnehmen – so glauben das zumindest die Homöopathen.

es ist nur Zufall, dass ich den Ehrendoktortitel der Samuel-Hahnemann[41]-Akademie trage? Ich kann auch wieder gehen!«

»Nein, nein, nein. So war das nicht gemeint! Gehen Sie nicht und schröpfen Sie mich lieber! Tut das denn weh?«

»Es wird Ihnen guttun. Sie leiden an muskulären Verspannungen in der auf den Rücken projizierten Herzgegend. Außerdem im Bereich der Speiseröhre und der Gallenblase. Die Kosten belaufen sich auf nur 40 Euro je Sitzung. Das sollte Ihnen Ihre Gesundheit wert sein!«

Der Patient gehorcht und begibt sich ohne weiteren Widerspruch in die Bauchlage.

Annette Schaman bereitet die Schröpfglocken mit ausgesprochen würdevoller Haltung und Gestik vor, ähnlich wie ein Priester das Abendmahl für seine Schäfchen in der Kirche vorbereitet. Sie setzt die heißen Gläser auf die ausgesuchten Stellen am Rücken.

---

[41] Samuel Hahnemann ist der Begründer der Homöopathie.

Arro Ganter spürt wohlige Wärme. Er bildet sich ein, dass der durch den Unterdruck bedingte Zug an der Muskulatur Heilung verspricht. Wen wundert es, dass er während der Anwendung tief und fest einschläft. So merkt er nicht, wie Frau Schaman die Gläser wieder entfernt und geht. Nur ein kleiner Zettel liegt auf dem Nachttisch: *Rufen Sie mich wieder an. Wir sollten das öfters machen. A. S.*

∗∗∗

Bella kommt von ihrem Stadtausflug zurück. Als sie in Arros Zimmer geht, bleibt sie wie angewurzelt im Raum stehen. Was sind das für kreisrunde rote Flecken auf dem Rücken? Dann nähert sie sich dem Bett und liest den Zettel.

»Oh mein Gott!« Hat sie etwas verpasst? Sie überlegt, ob irgendwelche ihr bekannten SM-Praktiken solche Spuren hinterlassen könnten. Als sie aus Neugier über einen Bluterguss streicht, wird Arro Ganter wach.

Er schreckt auf. »Bella Schatz! Ich habe dich gar nicht reinkommen hören!«

»Mir war bisher wohl entgangen, dass du auf so etwas stehst«, beschwert sie sich. Sie zeigt auf seinen Rücken. »Sonst hätten wir das viel früher zusammen ausprobieren können?

»Du mich schröpfen?«

Bella überlegt. Dann lacht sie. »Ach, jetzt verstehe ich! Die Schaman war wieder da!«

»Nicht nur die! Dieser Pfleger Kluny schleicht sich hintenherum in die Familie ein. Luisa hat mir erzählt, dass er zum Mittagessen da war.«

»Unverschämt! Du solltest Angelina für den Rest des Studiums nach Oxford schicken!«

»Aber das Baby?«

»Kann sie dort groß ziehen. Die haben schließlich Super-Nannys!«

»Okay, ich rede noch mal mit ihr, was sie davon hält.«

Bella geht wieder. Arro Ganter öffnet das Fenster zum Hof. Eigentlich ein schöner Tag. Die Nachmittagssonne strahlt auf die Sitzecke und lädt zum Verweilen ein. Wenn er sich nur nicht so verdammt antriebslos fühlen würde …

Es ist eine ganze Weile her, dass er seinen Nervenarzt konsultiert hat. Er hat zuletzt Tabletten eingenommen, die immerhin für ein paar Wochen seine Müdigkeit besserten. Diese machten ihn sogar richtig umtriebig, fast ruhelos. Sollte er die medikamentöse Therapie fortführen?

Arro Ganter beschließt in der Praxis von Professor Gsundspeck anzurufen. Es begrüßt ihn der automatischer Anruffilter: »Wenn Sie privatversichert sind, drücken Sie die Eins. Sind Sie gesetzlich krankenversichert, wenden Sie sich bitte an die Kollegen X, Y und Z. Haben Sie keine Krankenversicherung, legen Sie bitte wieder auf.«

Arro Ganter drückt die Eins.

»Ist Ihr Anliegen akut, drücken Sie die Eins. Haben Sie eine Frage bezüglich Ihrer Erkrankung oder Medikation, drücken Sie die Zwei. Brauchen Sie ein Wiederholungsrezept, drücken Sie die Raute-Taste.«

Wieder tippt der Finger die Eins.

»Spielen Sie mit dem Gedanken, sich das Leben zu nehmen, drücken Sie die Eins. Leiden Sie unter Beklemmungsgefühlen bis hin zu Todesangst, drücken Sie die Zwei. Drogenabhängige bitte auf die Escape-Taste.«

Das Leben nehmen? Nein, das ist für einen Mann wie Arro Ganter keine Lösung. Er betrachtet das Display. *Wo ist eigentlich die Escape-Taste auf dem Handy? Beklemmungsgefühle? Ja, kann man so nennen.* Die Zwei wird gedrückt.

Es tutet kurz. Dann ertönt eine Stimme: »Lieber Patient! Leider sind gerade alle unsere Geräte besetzt. Wir bitten Sie um ein wenig Geduld.« Es ertönt für eine Weile beruhigende Feld-Wald-Wiesen-Meeres-Rauschmusik … Tuut – Tuut – Tuut.

»Praxis Gsundspeck, für Sie Schantall Radau am Apparat!«

»Na endlich! Ganter hier. Kann ich den Herrn Professor sprechen? Ich muss ihn fragen, ob und wie ich meine Tabletten weiter einnehmen soll.«

»In Ordnung. Ich nehme Sie mit auf die Liste für die Telefonsprechstunde. Der Professor ruft Sie im Zeitraum 18 bis 20 Uhr an, Herr Ganter. Stimmt Ihre Handynummer noch?«

Er seufzt. »Ja, ich warte.« Was bleibt ihm anderes übrig? Sein *Didschitl Doc* ist jederzeit erreichbar, seine Ärzte leider nicht.

Bis zum Rückruf misst er seinen aktuellen Blutdruck und Puls: 110/70 mmHg und 68 pro Minute. Das Schröpfen scheint dem Herzen gut getan zu haben! *Didschitl Doc* meldet: *Mach' weiter so* 👍*!*

Dann besucht Arro Ganter im Internet die Seite www.rundumdeinepsyche.de[42]. Er will wissen, ob er wirklich depressiv ist. Die Einladung zum Depressionsquiz nimmt er prompt an:

Meine Zukunft erscheint mir hoffnungslos.

»So ist es!« Arro Ganter klickt auf *Fast durchgehend.*

---

[42] Leider wurden für diese Suchanfrage keine Ergebnisse im Internet gefunden! Es gibt jedoch ganz ähnlich klingende bzw. aufgebaute Websites. Sie können dort sämtliche Screening-Tests für psychische Erkrankungen durchlaufen und werden feststellen, dass Sie wesentliche Diagnosen bislang verpasst haben, z. B. Depression, Burn-out-Syndrom und ADHS.

Ich habe das Interesse an Lebensdingen verloren, welche mir zuvor wichtig waren.

»Auf jeden Fall!« Er bestätigt die höchste Kategorie.

Ich fühle mich müde.

»Permanent!«

Ich fühle mich wie eine schuldige Person, welche verdient, bestraft zu werden.

»Wie bitte? Die anderen gehören gepeinigt und bestraft! Hoffentlich kommt diese Frage noch!« Arro Ganter klickt auf *Ganz und gar nicht.*

Ich fühle mich gefangen.

»Ha! Ha! Ha!« Er faucht ironisch. »Diesem Familiensystem kann niemand entrinnen.«

Ich habe auffällig zu- oder abgenommen.

»Pfff! Mein Gewicht ist konstant wie eine Pfeilgerade«. Seine Gesundheits-App visualisiert ihm dies eindrucksvoll.

Am Ende des Quiz tippt er auf *Speichere meine Daten und berechne jetzt meinen Depressions-Score.*

Arro Ganter ist auf das Ergebnis gespannt.

Borderline[43]-Depression.

»Nee, oder?«, Arro Ganter flucht.

Ihm wird empfohlen, sich bei einem Therapeuten seines Vertrauens zu melden, um einer manifesten Depression vorzubeugen.

Da klingelt sein Handy. »Ja?«

»Herr Ganter? Professor Gsundspeck hier. Sie wollten mich wegen einer ernsten Angelegenheit sprechen?«

»Hochernst!«

Der Arzt ist emeritierter Universitätsprofessor, arbeitet noch für Privatpatienten als niedergelassener Neurologe und Psychiater.

---

[43]Englisch: *borderline* = Grenzlinie; gemeint ist hier eine *grenzwertige Depression*

Er kennt Arro Ganter seit der ersten Konsultation im letzten Quartal. Die Praxis läuft sehr gut – angesichts steigender Zahlen von Menschen mit diagnostizierten psychischen Erkrankungen. Das Einzige, womit er ernsthaft zu kämpfen hat, ist sein Übergewicht. Professor Gsundspeck ist mit einer 30 Jahre jüngeren pharmazeutischen Vertreterin liiert. Er erhält die eine oder andere Extraleistung als *Mietmaul*[44] für die Pharmaindustrie. Man muss schließlich sehen, wie man seinen Lebensstandard mit Villa, Jacht und Drittfrau finanziert bekommt.

»Nehmen Sie noch Ihren Stimmungsaufheller ein?«, hakt er nach.

»Nein. Der hat seinerzeit zwar ein wenig geholfen, nach etwa acht Wochen aber nicht mehr. Seit ich das Mittel abgesetzt habe, ist alles wieder viel schlimmer!«

»Glasklare Rückfallsymptomatik«, schlussfolgert der Nervenarzt. »Sie hätten das Präparat nicht ohne Rücksprache absetzen sollen! Ich verordne Ihnen jetzt Folgendes: Sie nehmen morgens eine halbe Tablette eines neuen, antriebssteigernden Medikaments. Nach zwei Wochen verdoppeln Sie die Dosis, das heißt eine ganze Tablette schlucken. Außerdem nehmen Sie abends eine Tablette eines sedierenden[45] Arzneimittels. Dann können Sie gut schlafen.«

»Ich brauche gleich zwei neue Psychopharmaka?«

---

[44]Ein Arzt, welcher hilft, ein neues oder etabliertes Medikament gutzuheißen (d. h. ein *Meinungsbildner*), um indirekt den Umsatz der pharmazeutischen Industrie anzukurbeln. Die Möglichkeiten sind vielfältig, z. B. Beeinflussung von Ärztefortbildungen, wissenschaftlichen Artikeln, Expertenforen oder Leitlinien.
[45]Sedierend = beruhigend, schläfrig machend.

»Die Wirkstoffe helfen Ihnen, Ihr neurochemisches Gleichge-wicht[46] wiederherzustellen! Sie können das Rezept morgen früh an unserem Tresen abholen. Ich bereite es gleich vor.«

»Wie Sie meinen, Herr Professor. Ich schicke jemanden vorbei.«

»Guten Abend, Herr Ganter.«

---

[46]Die Hypothese, dass ein Ungleichgewicht innerhalb der Botenstoffe unseres Gehirns (= Neurotransmitter) psychische Krankheiten verursacht, welches sich durch einen Wirkstoff gezielt wiederherstellen lässt, ist bislang unbewiesen. Bislang konnte entsprechend kein Biomarker für Depression gefunden werden. Unbestritten ist, dass die eingesetzten Medikamente, wie Antidepressiva, den Neurotransmitterhaushalt verändern und nach längerer Einnahme beim Absetzen Entzugserscheinungen auslösen können (nach außen besser vermarktet als *Absetzphänomene*). Bei leichten bis mittleren psychischen Störungen wirken Psychopharmaka häufig nicht wesentlich besser als Placebos, d. h. wie Mittel ohne Wirkstoff. Dafür sind sie teurer und unverträglicher. Psychopharmaka sollten in erster Linie für die Behandlung mittelschwerer bis schwerer Zustände vorbehalten sein beziehungsweise für den Fall, dass sich der Patient durch Psychotherapie nicht ausreichend stabilisiert.

Kapitel 11: Didschitl Doc is calling

Als Angelina ihre eingegangenen Nachrichten in der *Was-ist-grad-los*-App checkt, liest sie als Erstes den Dialog der *Vier-gewinnt-Gruppe*:

PP: *Ich wär so weit* ✌

Clou: *Big Masta of Big Data!*

PP: *Flutscht runter wie Öl. Wann soll ich scharf schalten?*

Nina: *Sofort! Höchste Zeit, den Virus zu aktivieren* 🦋

PP: *O.k. Wenn der Ganter den gefakten Link öffnet, geht's los!*

Clou: *STOP! Was meint denn Angie dazu?*

Angelina schreibt …

Angie: *Nina hat recht. Let's start, Master of disaster* 💣

Angelina ist gespannt auf die Aktion. Sie überprüft weiter ihre E-Mails:

Hallo Angelina!

Antonina hat mir von Deinen Hochzeitsplänen erzählt. Ist doch klar, dass ich Deinem Verlobten und Dir die romantische Heiß-luftballonfahrt aus dem Programm schenke. Anbei der Gut-schein als PDF. Kannst ihn jederzeit einlösen! Wegen Deines Vaters mach Dir nicht allzu viel Sorgen! Der steckt gerade voll in seiner Midlife-Crisis. Alles wird gut! Ich komme heute Abend nochmals vorbei, bevor es mich morgen nach Brasilien ver-schlägt.

Bis dann

Onkel Bero.

Arro Ganter hat zum Abendessen einen großen Rohkostteller mit Schwarzbrot vertilgt. Vor lauter Behandlungen und Familienstress hatte er bisher gar keine Zeit zum Essen.

Kurze Zeit später plagen ihn wieder Blähungen. Zum Glück hat Antonina eine neue Flasche *Meteorix*[47]-Tropfen besorgt.

Die letzte Amtshandlung des Tages findet am Tablet statt. Er trägt alle verspeisten Nahrungsmittel in seine App ein, die Nährwerttabelle ergänzt die Informationen über die zugeführte Energie. Da er nur Wasser oder Matcha-Tee trinkt, entfällt beim Trinken das Kalorienzählen. Seine Gesundheits-App ist seit der letzten Aktualisierung mit sämtlichen anderen Apps verlinkt. Selbstverständlich werden die Daten von seinem Handy und Tablet in regelmäßigen Abständen synchronisiert. Das spart viel Arbeit. Der Anbieter plant sogar, die Daten der Forschungsgemeinschaft – wer sich auch immer dahinter verbergen mag – anonymisiert zur Verfügung zu stellen. *Sehr seriös*, wie Arro Ganter findet. Er hofft eines Tages auf den medizinischen Durchbruch in seinem komplexen Fall. Außerdem kann man nie wissen, ob in einer lebensbedrohlichen Situation alle Informationen verfügbar sind. Seine medizinische Identifizierungskarte hat er sorgfältig ausgefüllt:

Name: Ganter, Arro
Geburtsdatum: 01.04.1966
Biologisches Geschlecht: männlich
Gewicht: 71,8 kg
Größe: 1,82 m

---

[47] Enthält den vorangestellten Wortteil von Meteorismus = *Blähbauch*.

Allergien/Unverträglichkeiten: Lactose, Gluten, Quecksilber, Luftzug
Blutgruppe: AB positiv
Medikationsplan: Glückalex 20mg 1 – 0 – 0, Sedergil 15mg 0 – 0 – 1, Meteorix-Tropfen 20 – 20 – 20, Notfall-Tropfen bei Bedarf
Organspender: niemals
Notfallnummer: Dr. Karl Messmer 007/112

Arro Ganter klickt sich durch Gesundheitsdaten und Grafiken der vergangenen Tage: Sein Gewicht ist soweit konstant. Die Anzahl der gelaufenen Schritte hat leider abgenommen. Vitalwerte wie Puls und Blutdruck sind stark schwankend. Schlafqualität und sexuelle Aktivität sind katastrophal. Insgesamt kann er nicht zufrieden sein. Die Messparameter hatte er früher besser im Griff.

Vielleicht kann ihm *Didschitl Doc* einen guten Rat geben? Er aktiviert das Feld *Meine Wochenbilanz*. Erstaunt blickt er auf das Bild eines Jungbrunnens. Sechs nackte junge Frauen, einzig und allein mit bunten Blumenkränzen geschmückt, tanzen um die unaufhörlich sprudelnde Wasserquelle herum. Plötzlich löst sich eine der Frauen aus dem Kreis. Es sieht so aus, als wenn sie sich auf ihn zubewegt. Das Gesicht der unbekannten Schönheit wird herangezoomt. Der himbeerrote Mund spricht: »Arro, komm zu uns!«

Dann wird der Jungbrunnen wieder gezeigt. Aus der Wasserfontäne entspringt etwas Geschriebenes, welches sich ihm nähert. Beim Größerwerden erkennt er einen Internetlink. Dieser blinkt unaufhörlich.

Eine Männerstimme ertönt: »Trink aus der Quelle des Lebens! Lade deine leeren Körperakkus mit energetisiertem Heilwasser[48] auf! Bewahre Schönheit und Kraft deiner Jugend! Du gehörst zum auserwählten Kreis derer, die nur heute mit Extrarabatt bestellen können! Zögerst du noch oder lebst du schon?«

Wie hypnotisiert muss Arro Ganter den Link aktivieren. Dann sieht er in eine Menschenmenge. Lauter junge, schöne, vitale Männer und Frauen. Sie reden, lachen, genießen das Leben. Gebannt verfolgt er die einzelnen Szenen, die sich ihm bieten: Das gibt es doch nicht! Die Leute essen Brathähnchen? Die kommen sogar vom Himmel direkt in die Mäuler geflogen! Jeder hat ein Glas Champagner oder eine Flasche Bier in der Hand. Und da,

---

[48] Wer hätte gedacht, dass *Heilwasser* dem Arzneimittelgesetz unterliegt? Dank ausgewogener Mischung von Mineralien und Spurenelementen soll es als mildes Naturheilmittel wirken. Genügend Wasser trinken ist nicht verkehrt, zumal der Großteil unseres Körpers aus H_2O zusammengesetzt ist. *Energetisieren* soll nicht nur die Wirkung, sondern auch die Kaufkraft erhöhen. Es gibt wohl kaum lebende oder tote Materie, welche sich nicht in Schwingung versetzen lässt. Wissenschaftlich nachweisen kann man das nicht – daran glauben schon.

eine mehrstöckige Schokoladentorte! Ihm läuft das Wasser im Mund zusammen. Ist das nicht sein ehemaliger Lieblingskuchen, die Prinzregententorte? Da entdeckt er einen Apfelbaum. Komisch! Der interessiert keinen. Hier isst auch keine der Personen einen Apfel. Als ob die App erahnen könnte, wohin er gerade blickt, rückt der Apfelbaum in die Mitte des Bildes. Er füllt den Bildschirm immer größer aus. Das Zoombild zeigt einen saftigen, roten Apfel. Rechts oben scheint ein Loch zu entstehen. Daraufhin entweicht Stück für Stück ein kleiner Wurm.

»Huch! Da steckt ja der Wurm drin!« Ein wenig neugierig betrachtet er den Winzling. Der Wurm blickt fies drein. Er fängt an zu lachen, ein spitzes Gebiss wird sichtbar.

Langsam wird Arro Ganter misstrauisch. Was geht hier eigentlich vor? Sekunden später poppt ein Fenster nach dem anderen auf. Dann erscheint wieder der Wurm auf der Bildfläche und verspeist ein Datenblatt nach dem anderen, gefolgt von einem hysterischen Aufschrei:

»Himmel! Das sind **meine** Daten!« Arro Ganter versucht nach Luft zu schnappen. Sein Herz rast. Er hat Todesangst.

***

Was für ein Timing! Soeben ist Bero eingetroffen. Er wollte vor seinem nächsten Abflug im Haus Ganter nochmals nach dem Rechten sehen. Als er das Arbeitszimmer seines Bruders betritt, sieht er diesen auf Tante Ellis Sessel vor sich hin wimmern.

»Hey Bruder! Was ist los mit dir?«, fragt Bero.

»Ach! Es ist vorbei! Jetzt gibt es definitiv nichts mehr, was mich noch am Leben hält!«

»Jetzt sag' schon. Was ist passiert?«

»Ich habe alles, wirklich alles verloren, was ich die letzten Monate mühsam gesammelt habe, damit ich mein Leben wieder besser im Griff habe!«

»Ich verstehe nicht ganz. Wovon sprichst du?«

»Die Daten sind weg! Meine Gesundheitsdaten … einfach aufgefressen … von einem Wurm!«

Bero wundert sich. So niedergeschlagen hat er seinen kleinen Bruder noch nie erlebt. Und derart wirres Zeug hat er selten am Stück erzählt. Er versucht ihn zu trösten: »Hey Bruder, glaubst du nicht mehr daran, dass wir füreinander da sind?«

Arro blickt auf.

»Weißt du noch, als wir am Waldsee zu zweit zelten waren?«

»Du meinst, bevor du dich freiwillig bei der Fremdenlegion gemeldet hast?«

»Genau! Wir haben uns ein Wochenende komplett allein versorgt. Die selbst gefangenen Forellen gegrillt, Beeren gegessen und aus der Quelle frisches Wasser getrunken. Ha!«, er lacht, »natürlich nur nackt im See gebadet … uns jede Nacht von schönen Mädels erzählt, von denen wir dann geträumt haben …«

Der eingebildete Kranke hält inne. Die Bilder der Vergangenheit holen ihn ein. Er erinnert sich, dass er seinem Bruder damals vor

91

dem Einschlafen eine wichtige Frage stellte und formuliert sie nochmals:

»Was ist mit mir, wenn du weit weg von zu Hause bist?«

»Hast du die Antwort vergessen? Diese gilt auch heute, Bruder! Ich werde dein Rufen hören – auch wenn über dir der Himmel einstürzt!«

Arro Ganter steht auf. Die Brüder umarmen sich. Dann halten sie ihre Daumen gegeneinander, an den Stellen, wo sich noch die Narben der Blutsbruderschaft befinden.

»Komm' endlich in die analoge Welt zurück! Das ist die Chance, neu anzufangen!«

Der angeschlagene Mann zögert.

»Ich schicke dir ein Video von der Rafting Tour in Brasilien. Beim nächsten Mal nehme ich dich mit, versprochen!« Er klopft Arro herzlich auf die Schulter. Dann verlässt Bero den Raum.

***

Der fürsorgliche Bruder hat Antonina vor dem Verlassen des Hauses gebeten, einen frischen Matcha-Tee zuzubereiten. Während das gekochte Teewasser abkühlt, nutzt das Au-Pair die Gelegenheit, schnell auf die Toilette zu gehen. Ihr Grundbedürfnis muss sie oft zurückstellen, bei alldem was sie bei den Ganters leistet. Bis die Harnblase kurz vor dem Platzen ist. Dann muss es schnell gehen.

Bella stand vorhin Schmiere und hat mitbekommen, dass Antonina nach nebenan flitzt. Jetzt muss auch sie sofort handeln. Das Zeitfenster ist kurz. Sie huscht in die Küche. Dann tropft sie eine farb- und geruchlose Flüssigkeit in den Tee.

Gleichzeitig hockt die Polin nur durch eine Zimmerwand getrennt auf der Schüssel und wundert sich, als plötzlich ihr Handy am Knöchel vibriert; die Hose ist heruntergelassen. Ungünstig! Sie greift zum Handy. Ihre Abhör-App meldet: *Agentin in Gefahr!* Sie drückt auf *Nähere Informationen.* Jetzt dämmert es ihr. *Vorsicht! Ihre Zielperson befindet sich im Umkreis von unter drei Metern.* Paul hat die Abhör-App so programmiert, dass seine Freundin rechtzeitig bemerkt, falls das GPS-Signal zu nahe kommt.

Moment, schlussfolgert sie. *Dann muss Bella in der Küche sein!* Ruckzuck abgewischt, Jeans hochgezogen, gespült, Klotür auf und in die Küche geeilt.

Als Antonina die Küche betritt, ist niemand mehr zu sehen. Sie geht auf den Flur und blickt auf die andere Seite. Ihre Augen meinen zu erkennen, wie die Türklinke des Wohnzimmers am Ende des Ganges noch ein Stückchen hochbewegt wird.

Als das Au-pair zu ihrer Dienststätte zurückkehrt, betrachtet sie die Tasse mit Matcha-Tee. Nichts Auffälliges zu sehen. Sie beugt sich darüber und schnuppert. Nichts Ungewöhnliches zu riechen. Dennoch traut sie dem Ganzen nicht. Nach kurzer Überlegung nimmt Antonina das Tablett samt Tee mit und geht in den ersten Stock. Sie klopft an Arro Ganters Tür.

»Ist gut, komm' herein«, ertönt es von drinnen.

»Gnädiger Herr. Es ist wieder Zeit für den Gesundheitstee. In diesem Fall rate ich ab, auch nur einen Schluck davon zu trinken!«

»Hä? Was soll das wieder heißen?«

»Tak! Ich glaube, der ist vergiftet!«, antwortet sie mit Nachdruck.

»Was? Du spinnst wohl! Das kommt davon, wenn man immer nur SoKo Warschau im Fernsehen anschaut.«

»Im Ernst, Herr Ganter. Ich glaube, es war Ihre Frau!«

Arro Ganter blickt sein Au-pair an: »Ich bin es ja gewohnt, dass aus deinem Mund tagtäglich dummes Zeug entweicht. Etwas Dümmeres als das, hast du mir bisher aber noch nicht aufgetischt. Meine Frau ist ohne Tricks, sie liebt mich! Das würde sie nie tun!«

»Dann trinken sie eben aus.« Antonina will sich umdrehen.

»Halt! Stopp!« Arro Ganter bremst ihre Absicht, vorzeitig zu gehen. »Wie kommst du überhaupt zu dieser unverschämten Behauptung?«

»Ich bin technisch bestens ausgerüstet.«

»Du kommt mir böhmisch vor.«

»Ich komme aus Polen, Herr Ganter.«

»Herrgottzack! Und jetzt?«

Antonina lächelt ihren Hausherrn an. »Ich habe eine Idee. Wir tun so, als ob Sie den Tee ausgetrunken haben. Dann stellen Sie sich tot. Ich verbreite die fürchterliche Nachricht im ganzen Haus. Und Sie können mal sehen, wie Ihre Gattin und Ihre Kinder reagieren.«

»Ich soll meine Liebsten auf die Probe stellen?« Arro Ganter muss sich innerlich eingestehen, dass Antonina eigentlich eine patente Frau ist. Nach kurzem Zögern meint er: »Abgemacht!« Er streckt ihr seine Hand entgegen.

»Zgoda[49]!« Sie begrüßt den Handschlag. Der Matcha-Tee wird kurzerhand im Nachttopf entsorgt, welcher neben Arro Ganters Bett steht.

»Da kommt schließlich keiner auf die Idee, versehentlich draus zu trinken«, zwinkert die Polin ihm zu. »So und jetzt ab in den Sessel tot stellen!«

»Kann man dann nicht aus Versehen sterben?«

»Ach Quatsch! Gestorben wird später!«

Er gehorcht. Sie verlässt das Zimmer.

---

[49] Polnisch: *Einverstanden! Abgemacht!* Wörtlich: *Zustimmung.*

Kapitel 12: Doppelte Todesfalle

»Hilfeee! Hilfeee!« Antoninas Stimmgewalt erschüttert das gantersche Haus.

Sofort stürzt Bella aus dem Wohnzimmer. »Meine Güte! Wo brennt es denn?«

»Schnell, gnädige Frau! Ein Unglück ist passiert! Ihr Mann rührt sich nicht mehr!« Das Au-pair spielt mit Überzeugung die entsetzte Magd. Sie greift nach Bellas Hand und schleift sie energisch in den ersten Stock direkt bis in Arro Ganters Arbeitszimmer.

Der sitzt regungslos in seinem Sessel, die Zunge hängt schlaff nach links, genau wie der restliche Körper.

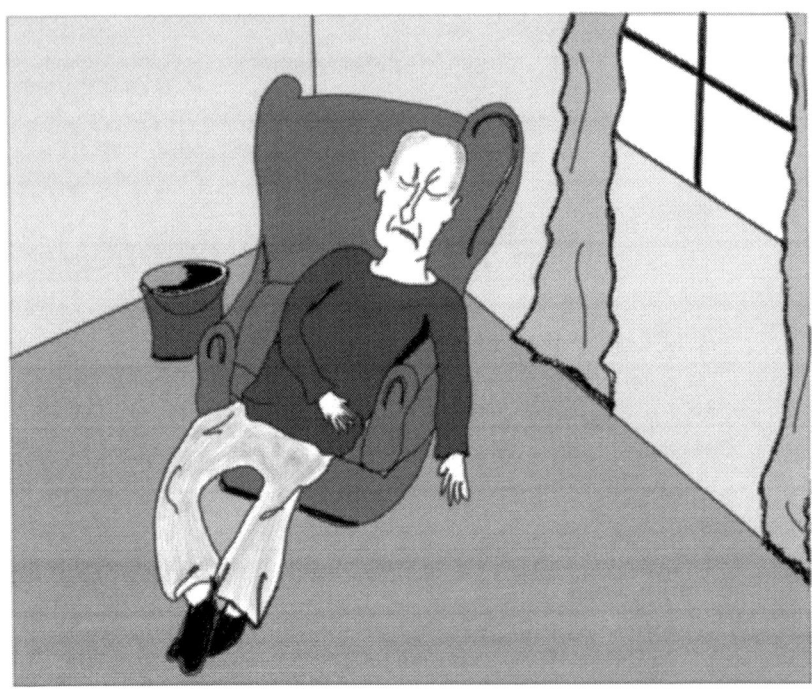

Bella Bitsch nähert sich ihrem Gatten. Vorsichtig greift sie nach der herabhängenden linken Hand. Diese fühlt sich kalt an.

Antonina wollte nichts dem Zufall überlassen. Herr Ganter musste vor der Unheilverkündigung seine linke Hand minutenlang in einen Putzeimer voller Eiswürfel tauchen.

»Ist ihr Mann tot?«, fragt sie bei Bella nach. Den Heiligenschein sieht ein Blinder ohne Krückstock.

»Mausetot.« Die Hausherrin streckt sich und grinst. »Gott sei Dank! Endlich bin ich das ewige Gejammer los!«

Das Au-pair holt aus: »Normalerweise weint man, wenn der Partner stirbt, nicht?«

»Ach du polnisches Dummchen! Willst du mir etwa sagen, dass du diese Nervensäge vermisst? Diesen unattraktiven Mann, der immerfort denkt er sei krank? Krank ist, wenn man anfängt seinen Stuhlgang zu fotografieren und sich beim Schröpfen aufgeilt!«

»Sind das Ihre Worte für die Begräbnisrede?«

»Dafür bleibt gar keine Zeit!« Bella geht zum Schreibtisch. Sie öffnet die Schublade. Sekunden später zieht sie das kürzlich unterschriebene Testament heraus.

Ruckartig richtet sich Arro Ganter auf. Geschminkte Leichenblässe ist gegenüber echter Zornesröte chancenlos. »Immer mit der Ruhe!« Er baut sich zu seinen vollen 1,82 Metern auf.

Die Bitsch dreht sich überrascht um. »Huch! Du bist nicht tot?« Entsetzt starrt sie ihren Mann an.

»Zum Glück nicht! So habe ich noch zu Lebzeiten erlebt, was sich wirklich hinter deiner Liebe verbirgt!«

»Siehe da, der Auferstandene!«, verkündet Antonina, kniet nieder, bekreuzigt sich und zieht ihre Rosenkranzkette aus der Schürzentasche.

Bella flieht nach draußen. Sie stürzt die Treppe runter, um schnell ihre sieben Gutschi-Sachen zu packen. Fast hätte sie Angelina und Clou umgerannt. Durch die sperrangelweite Tür hört Antonina die anderen hochkommen.

Sie flüstert: »Und jetzt: Klappe, die zweite!«

Arro Ganter begreift sofort, dass er nochmals die Leichennummer spielen soll.

Als Angelina als Erste den Raum betritt, erblickt sie ihren herabhängenden Vater.

»Himmel! Das kann nicht sein? Sag, Nina, dass das nicht wahr ist!«

»Oh doch. Dein Vater ist tot. Er hat den ganzen Kummer nicht mehr ertragen und seinem Leben ein Ende bereitet.«

Tränen kullern über Angelinas Gesicht. Sie kniet sich neben den Sessel nieder. Dann fängt sie an zu schluchzen. »Ach Vater, das wollte doch keiner von uns! Wie konnte ich dein Leid dermaßen unterschätzen! Buuhuhhh …«

Clou kniet sich neben Angelina. Er legt den Arm um sie.

Die gemeinschaftliche Trauer rührt Arro Ganters Herz an. Er hätte nicht gedacht, dass er seiner Tochter so viel bedeutet.

»Komm' Angie! Hör' bitte auf zu weinen! Ich bin gar nicht tot!«

Er richtet sich auf.

Das junge Paar erschrickt.

»Huch! So viel Schalk im Nacken habe ich Ihnen gar nicht zugetraut!«, findet Clou.

»Naja, das war Antoninas Idee. Unsere gute Polin! Was wäre ich ohne sie …«

Das Au-pair kommt hinzu. »Einer muss Ihnen schließlich in den Hintern treten!«, zwinkert sie ihrem Hausherrn zu.

»Aiiih, mein Herz, es fängt wieder an zu rasen!« Arro Ganter fasst sich an die Brust.

Clou beugt sich sofort vor und ertastet den Puls. »Könnte eine supraventrikuläre Tachykardie[50] sein. Bring mir mal Eiswasser, Nina!«

»Wie praktisch ...« Das Au-pair holt den Putzeimer hinter dem Sessel hervor.

Die anderen zwei wundern sich.

Angelina fragt: »Soll Papa an der Ice-Bucket-Challenge[51] teilnehmen?«

»Nee, am Valsalva-Manöver[52]«, lenkt Clou fachmännisch ein.

»Nina, hast du vielleicht auch ein Glas greifbar?«

»Aber sicher doch!«

Antonina macht kehrt. Sie holt ein Whiskey-Glas aus der Bar und reicht es Clou.

---

[50] Gutartige, schnelle und regelmäßige Herzrhythmusstörung

[51] Direkt aus dem Englischen übersetzt bedeutet es so viel wie *Eiskübelherausforderung*: Man kippt sich einen Eimer mit eiskaltem Wasser über den Kopf. Die ursprünglich sinnhafte Aktion, die auf eine unheilbare neurologische Erkrankung (ALS = Amyotrophe Lateralsklerose) aufmerksam machen und Spendengelder generieren sollte, wurde von vielen A- und B-Promis dazu verwendet, sich ins Rampenlicht der sozialen Netzwerke zu katapultieren. Die Namensliste ist sogar als eigener Wikipedia-Eintrag abrufbar; die wahren Motive der Einzelnen wäre eine Enthüllung auf Wikileaks wert! Erstaunlich, wofür Prominente sich hergeben: Das reicht von Teilnahme an Dschungelevents bis hin zu Formaten wie *Tanz dich in die Herzen der Zuschauer* oder *Wer wird Promi-Quizionär*. C-Promis können es mit *Deutschlands nächster Top-Hungerhaken* oder *Zehn kleine Sängerlein* versuchen und hoffen, in die B-Promi-Welt aufzusteigen.

[52] Unser vegetatives Nervensystem kennt zwei Gegenspieler: *Parasympathikus* und *Sympathikus*. Der aktivierte Sympathikus kann im Rahmen einer Panikreaktion zu einer schnellen Herzrhythmusstörung führen. Über Aktivierung des Parasympathikus, z. B. über den 10. Hirnnerv (Nervus vagus) via Rezeptoren im Rachen durch eiskaltes Wasser, kann es gelingen, den Puls unmittelbar zu drosseln. Zusätzlich kann man auch husten oder gegen das Zwerchfell pressen oder eine Massage der Halsschlagader durchführen (bitte immer nur einseitig!). Diese Maßnahmen fasst man unter dem sog. *Valsalva-Manöver* zusammen.

Dieser füllt es mit dem Eiswasser aus dem Eimer. »Boah! Das ist richtig kalt!«, Clou wendet sich Arro Ganter zu: »Bitte trinken sie jetzt Schluck für Schluck das Wasser aus.«

»Hilft das?«, fragt der Kranke unsicher nach.

»Ja, vertrauen sie mir. Schließen Sie danach die Augen, atmen Sie tief durch und denken Sie an etwas Schönes.«

Arro Ganter gehorcht. Er trinkt das ganze Glas aus. Prompt visualisiert er das hübsche Gesicht der Frau am Jungbrunnen, er denkt an das Heilwasser. Plötzlich schlägt der Puls nur noch halb so schnell. Er ist erleichtert. »Es hat funktioniert!« Arro Ganter nickt anerkennend. »Wollen sie nicht doch Medizin studieren, Herr Clou?«

»Kein Bedarf! Da muss man viel zu viel auswendig lernen. Warum machen sie das nicht?«

»Tja, eigentlich keine schlechte Idee. Vielleicht den *Master of Health Management*[53]. Habe ich mir tatsächlich schon durch den Kopf gehen lassen.«

Arro Ganter blickt alle an. »Zuerst steht aber eine Hochzeit ins Haus!«

»Nee, Papa! Zuelst gehen wir zwei Indianer angeln!«

Die kleine Luisa hat sich reingeschlichen, ohne dass es jemand gemerkt hat.

»Du Strolch!« Arro Ganter streckt die Arme vor und hebt seine Kleine auf den Schoß.

»Dein Papa weiß gar nicht, wie angeln geht!«

»Vielleicht kann ich Ihnen das beibringen? Ich war früher in einem Angelsportverein. Auf dem Dachboden zu Hause müssten noch zwei Ruten liegen«, wirft Clou ein.

»Schau'n wir mal. Ich hab' gerade keinen Hunger auf Fisch.« Er wendet sich seinem Au-pair zu: »Antonina, könnten wir Brathähnchen besorgen?«

---

[53]Gesundheitsmanager sollen Vorgänge im Gesundheitswesen, z. B. zur Prävention planen, fördern und überwachen bzw. Menschen anleiten, selbst Einfluss auf den eigenen Gesundheiterhalt zu nehmen.

Kapitel 13: So ein schöner Tag!

Bella Bitsch will sich aus dem Staub machen. Als sie das gantersche Haus verlässt, kommt auch schon ein rotes Cabrio angefahren. Aus diesem winkt ihr ein Mann mit Strohhut, Sonnenbrille und Leinenanzug zu. Das Auto hält mit Vollbremsung vor ihr an.

»Na, schöne Frau? Ich hätte noch ein Plätzchen frei für die Fahrt nach Mallorca!«

»Guter Amigo! Könnten Sie mir beim Gepäck behilflich sein?«

Sie steigt ein.

Herr Gutknecht flucht. Was hat sie bloß wieder in ihre Gutschi-Taschen gepackt?

Zielort ist eine Finca, welche bei der letzten Erbschleicherei anfiel.

***

Derweil gehen Antonina, Luisa und Angelina shoppen. Nein, nicht etwa ziellos einkaufen, wie Frauen es sonst zu tun pflegen: Die Cousine des Au-pairs besitzt einen Hochzeitsladen im Stadtzentrum. Dort bekommt man nicht nur Festkleider, sondern alles, was ein junges Brautherz für den unvergesslichsten Tag seines Lebens begehrt.

»Schau mal, die schönen Hochzeitstolten!«, ruft die kleine Schwester rüber, als sie den Ordner mit Fotos durchblättert.

Die Braut in spe lacht. »Da gibt es nur eine Wahl: eine fette Prinzregententorte!«

Zeitgleich gehen Arro Ganter und sein zukünftiger Schwiegersohn im Umland angeln, um für die Vater-Kind-Aktion zu üben. Beide sind mit dem Boot hinausgefahren und warten schon eine ganze Weile darauf, dass ein Fisch anbeißt.

»Sagen Sie mal, Herr Clou, wollen Sie nicht doch Medizin studieren?«

»Sie können es nicht lassen, oder? Nein, will ich nicht! Wissen Sie, die Ärzte interessieren sich nur für einzelne Krankheiten. Dafür deuten sie genetische Sternbilder, bestimmen einen Haufen Enzyme und Antikörper im Blut, erstellen immer sensitivere 3D-Bilder von Organen, bis sie glauben, einen unaussprechlichen Namen für die zugrunde liegende Erkrankung gefunden zu haben. Dann verordnen sie dem Patienten ein ultraneues Medikament im passenden Gentech-Design. Bloß kann kein Mediziner dem Patienten sicher bestätigen, dass das ganze Prozedere mehr nutzt als schadet.« Er holt tief Luft. »Mich interessieren nicht die Krankheiten, sondern die Menschen, die diese Krankheiten entwickeln. Wenn sie derart geschwächt sind, dass sie mit der Alltagsbewältigung nicht mehr klarkommen, helfe ich ihnen. **Das** erfüllt mich.«

Arro Ganter schweigt. Dabei denkt er: *Boah! Beim Angeln muss man ganz schön lange warten.* Er fängt an, von einer Pobacke zur anderen zu wippen.

Da wird sein Wiegerhythmus von der wackelnden Angelschnur unterbrochen. »Moment! Ich glaube, ich hab' einen ganz Großen! Das zieht ordentlich.« Unser Anfänger hält die Rute krampfhaft fest. »Was, was, äh, soll ich jetzt tun?«

»Kräftig heranziehen und dabei die Leine aufdrehen!«, antwortet Clou gelassen.

Mit Schwung zieht Arro Ganter die Angel hinter seine rechte Schulter. Der Fisch schnellt zielsicher in die Höhe und verfängt sich in der am Ufer gelegenen Papel.

»Na toll!« Ironisches Fauchen. »Und jetzt?«

»Immer noch kräftig ziehen!«

Wenn diese Astgabel nicht gewesen wäre! Die enttäuschend leere Angelschnur landet auf Arro Ganters Schoß. Bislang nur angedeutete Zornesfalten vertiefen sich.

»Hier!« Clou unterbricht die Faltenbildung und hält seinem Schwiegervater in spe die Hand hin: »Neuer Wurm, neues Glück!«

Arro Ganter blickt hoch und merkt, wie seine Lachmuskeln zunächst zögerlich zucken, als er den eingeklemmten Fisch in der Astgabel entdeckt. Dann muss er laut auflachen.

The best cure for hypochondria
is to forget about your body
and get interested in someone else's.

Goodman Ace
amerikanischer Schriftsteller
1899 – 1982

(Das beste Heilmittel gegen Hypochondrie ist,
den eigenen Körper zu vergessen
und anzufangen, sich für den eines anderen zu interessieren.)

Hintergrundinformationen

Molière
Jean Baptiste Poquelin, 1622 – 1673 in Paris

England feiert Shakespeare als Theatermeister der Renaissance des 16. Jahrhunderts, Frankreichs Molière schuf im 17. Jahrhundert unvergessene Charakterkomödien und wir Deutschen verehren Goethe als Vollender der Klassik des 18. Jahrhunderts. Zusammen werden sie auch als *europäisches Dreigestirn* bezeichnet, die Werke sind integraler Bestandteil des europäischen Bildungskanons.

Mehrere Male griff Molière auf die traditionelle Ärztesatire zurück und machte sich besonders über die Behandler des Hofes Ludwigs XIV. lustig. *Le malade imaginaire* (Der eingebildete Kranke) war sein letztes Stück und der schwer kranke Molière verkörperte selbst die Hauptrolle des Hypochonders *Argan*. Der sterbende Künstler im Moment der Erlangung der ärztlichen Approbation ist zweifelsohne einer der tragischsten und bewegendsten Momente, den es auf einer Theaterbühne je gegeben hat.

Quellen

Poppe R. Molière, *Le Malade imaginaire*. Stuttgart: Reclam; 2008.

Walser J, Neuhaus A. *Der eingebildete Kranke*. Berlin: Suhrkamp; 2011.

Buchempfehlungen

Neben eigenen Erfahrungen und dem Lesen medizinkritischer Fachartikel haben mich etliche Bücher – meist von Kollegen – inspiriert. Einige sind nachfolgend aufgeführt, die Liste ist jedoch nicht abschließend.

Hypochondrie

Bleichhardt, G., Weck, F.: *Kognitive Verhaltenstherapie bei Hypochondrie und Krankheitsangst: mit 12 Tabellen* ; [Extras]. 3., vollst. überarb. und aktualisierte Aufl. Berlin: Springer; 2015.

Hausteiner-Wiehle, C., Henningsen, P., Schneider A.: *Kein Befund und trotzdem krank? Mehr Behandlungszufriedenheit im Umgang mit unklaren Körperbeschwerden – bei Patient und Arzt*. 1. Aufl. Stuttgart: Schattauer; 2015.

Näheres zum Krankheitsbild *Hypochondrie* findet man auch in der aktuellen AWMF-S3-Leitlinie *Nicht-spezifische, funktionelle und somatoforme Körperbeschwerden, Umgang mit Patienten*, gültig bis 31.03.2017, Download unter:
http://www.awmf.org/leitlinien/detail/ll/051-001.html

Psychiatrie

Frances, A., Schaden, B., Keil, G.: *Normal: gegen die Inflation psychiatrischer Diagnosen*. 2. Aufl. Köln: DuMont; 2013.

Hasler, F.: *Neuromythologie: eine Streitschrift gegen die Deutungsmacht der Hirnforschung.* 5., unveränd. Aufl. Bielefeld: transcript; 2015.

Whitaker, R.: *Anatomy of an epidemic: magic bullets, psychiatric drugs, and the astonishing rise of mental illness in America.* 1st ed. New York: Crown Publishers; 2010.

Medizin im Allgemeinen
Frank, G.: *Schlechte Medizin – ein Wutbuch.* München: btb; 2013.

Hauch, M., Hauch, R.: *Kindheit ist keine Krankheit: wie wir unsere Kinder mit Tests und Therapien zu Patienten machen [ein Kinderarzt empört sich].* Frankfurt am Main: Fischer; 2015.

Loewit, G.: *Wie viel Medizin überlebt der Mensch?* Innsbruck; Wien: Haymon-Taschenbuch; 2012.

Lown B., Gottstein, U.: *Die verlorene Kunst des Heilens: Anstiftung zum Umdenken.* 2., erw. und ill. Aufl., 2. Nachdr. Stuttgart: Schattauer; 2012.

Prang, M.: *Alternativmedizin – was sie leistet, wann sie schadet.* Orig.-Ausg. München: Beck; 2014.

Pharmaindustrie
Gøtzsche, P. C., Rometsch, M.: *Tödliche Medizin und organisierte Kriminalität: wie die Pharmaindustrie unser Gesundheitswesen korrumpiert.* 2. Aufl. München: Riva; 2015.

Big Data

Morgenroth, M.: *Sie kennen dich! Sie haben dich! Sie steuern dich! Die wahre Macht der Datensammler.* München: Droemer; 2014.

Internetlinks

Das Internet erinnert mich an einen türkischen Basar: Je lauter und je charmanter der Verkäufer, desto erfolgreicher scheint dieser zu sein. Herkunft und Originalität der Ware wirken häufig undurchsichtig.

Der Google-Algorithmus hebt eine Webseite immer dann als wichtig hervor, wenn viele Links darauf verweisen. Gesponserte und populäre Links erscheinen bei der weltweit am häufigsten verwendeten Suchmaschine somit grundsätzlich auf der ersten Seite. Mal ehrlich: Wer blättert regelmäßig bis auf Seite drei?

Es gibt mittlerweile eine Reihe Forschungsprojekte, welche sich bemühen, das Suchergebnis entweder industrieunabhängiger zu gestalten oder fachlich begründete Priorisierungsschritte einzupflegen. Allerdings kann auch dies problematisch sein, beispielsweise dann, wenn ein Mensch mit Gesundheitsproblemen Webseiten für Fachleute aufsucht und diese nutzt (vergleiche Suchergebnisse und Interpretation der Ergebnisse auf der dänischen Webseite *FindZebra* auf www.findzebra.compute.dtu.dk).

Ein durch Webrecherche vorinformierter Patient gehört heute zum medizinischen Alltag, v. a. die jüngeren Personen der Generationen Y und Z. Dies sollte kein Behandler der Generation X und älter mehr ausblenden – oder schlimmer noch: nicht ernst nehmen. Es werden auch vermehrt Informationen aus Selbsthilfegruppen-Blogs und sozialen Netzwerken eingeholt.

Meines Erachtens kommt uns als Behandler zunehmend die Aufgabe zu, hier Fehlinterpretationen vorzubeugen und kompetent zu beraten.

Wünschenswert sind mit unabhängigem Prüfsiegel markierte Webseiten, welche Transparenz und Qualität – nicht den Verkaufserlös – bei der Bewertung im Blick haben. Diese sollten sich auch auf die mittlerweile unüberschaubare Vermarktung datenraubender Gesundheits-Apps beziehen.
Es gibt erste hoffnungsvolle Ansätze, z. B. das Gütesiegel *HONcode*; HON steht für *Health On the Net Foundation* (http://www.hon.ch/HONcode/German/).

Im Folgenden sind ein paar Webseiten aufgeführt, welche sich um valide medizinische Informationen bemühen:

Allgemeine Gesundheitsinformationen, frei von Werbung, bietet zum Beispiel das *Institut für Qualität und Wirtschaftlichkeit im Gesundheitswesen* (IQWiG) in verständlicher Form unter:
www.gesundheitsinformation.de

Ebenfalls zu empfehlen ist die auf unabhängige Bewertung von Arzneimitteln ausgerichtete Zeitschrift *gute Pillen, schlechte Pillen* für Laien:
http://gutepillen-schlechtepillen.de/

Für Fachleute kann insbesondere auf *Der Arzneimittelbrief*
http://www.der-arzneimittelbrief.de
und das *arznei-telegramm®,*
http://www.arznei-telegramm.de/
zwei unabhängige pharmazeutische Kritiken in deutscher Sprache, verwiesen werden.

Auf Schweizer Seite ist vor allem die *pharma-kritik* für unabhängige Arzneimittelinformation bekannt:
http://www.infomed.ch

Viele Ärzte bieten individuelle Gesundheitsleistungen an, deren Kosten von den Krankenversicherungen normalerweise nicht übernommen werden. Eine kritische – leider noch nicht vollumfängliche Bewertung – findet sich unter:
http://www.igel-monitor.de/

Schließlich ist die Website von *Cochrane Deutschland* zu nennen:
http://www.cochrane.de
Diese ist um evidenzbasierte Medizin bemüht. Sie verweist auf der Startseite auf einen dazugehörigen Blog:
http://www.wissenwaswirkt.org/
und ist mit dem englischsprachigen Pendant verlinkt:
http://www.evidentlycochrane.net/

Zur Autorin

Meine medizinische Identifizierungskarte könnte so aussehen:

Name: Kamp, Franziska
Alter: Ü40
Größe/Gewicht: Durchschnitt
Blutgruppe: 0 +
Dauermedikation: keine
Allergien/Unverträglichkeiten: Hausstaub & Putzen
Titel: Dr. med.
Beruf: Allgemeinärztin
Berufliche Schwerpunkte: Arzneimittel, Palliativ- und Sozialmedizin

Deklaration von Interessenskonflikten

Ich versichere, dass mich zur Erstellung dieses Buches kein Mensch fremdfinanziert und/oder mir Buchinhalte vorgegeben hat. Mir hat auch keine Institution Geld dafür angeboten, dieses Erstlingswerk *nicht* zu veröffentlichen. – Hätte ja sein können, wenn jemand vorher gewusst hätte, was da alles drin steht. Also habe ich aus eigener Tasche in dieses Projekt investiert.

Interessen verfolge ich mit dieser Erzählung natürlich schon – ganz konfliktfrei:

Ich freue mich, wenn Ihnen mein Erstlingswerk gefallen hat und ich Sie zum Lachen bringen konnte. Vielleicht ist Ihnen ab und zu das Lachen im Hals stecken geblieben. Das war dann pure Absicht.

Schalten Sie Ihr Herz und Gehirn im Zeitalter vorgegebener digitaler Algorithmen und des gesundheitsökonomischen Diktats niemals aus!

Danksagung

Besonderer Dank gilt meinen fleißigen Vorableserinnen. Eure Aufmunterungen und konstruktiven Ratschläge haben die Vollendung des Buches erst möglich gemacht:
Stefanie Pröhle, Katharina und Simon Kamp, Katrin Hölscher, Heike Vogt und Claudia Möckel.

Weiter habe ich meinem Lektor Erik Kinting für den *letzten Schliff* zu danken. Ich kann ihn beherzt weiterempfehlen.

Zeitfracht Medien GmbH
Ferdinand-Jühlke-Straße 7
99095 Erfurt, Deutschland
produktsicherheit@kolibri360.de